中國語言文字研究輯刊

二二編

許學仁 主編

第 20 冊

《清華大學藏戰國竹簡（肆）～（柒）》
字根研究（第四冊）

范天培 著

花木蘭文化事業有限公司

國家圖書館出版品預行編目資料

《清華大學藏戰國竹簡（肆）～（柒）》字根研究（第四冊）
／范天培 著 -- 初版 -- 新北市：花木蘭文化事業有限公司，
2022〔民 111〕
目 4+164 面；21×29.7 公分
（中國語言文字研究輯刊　二二編；第 20 冊）
ISBN 978-986-518-846-7（精裝）
1.CST：簡牘文字 2.CST：詞根 3.CST：研究考訂
802.08　　　　　　　　　　　　　　　　　110022449

ISBN-978-986-518-846-7

9 789865 188467

中國語言文字研究輯刊
二二編　　　第二十冊　　　　　　ISBN：978-986-518-846-7

《清華大學藏戰國竹簡（肆）～（柒）》字根研究（第四冊）

作　　者　范天培
主　　編　許學仁
總 編 輯　杜潔祥
副總編輯　楊嘉樂
編輯主任　許郁翎
編　　輯　張雅淋、潘玟靜、劉子瑄　美術編輯　陳逸婷
出　　版　花木蘭文化事業有限公司
發 行 人　高小娟
聯絡地址　235 新北市中和區中安街七二號十三樓
　　　　　電話：02-2923-1455／傳真：02-2923-1452
網　　址　http://www.huamulan.tw 信箱 service@huamulans.com
印　　刷　普羅文化出版廣告事業
初　　版　2022 年 3 月
定　　價　二二編 28 冊（精裝）　台幣 92,000 元

《清華大學藏戰國竹簡(肆)～(柒)》字根研究(第四冊)

范天培 著

目

次

三十六、食　類

257　鼎

偏　旁				
五/湯丘/6/員	五/湯丘/10/員	七/越公/41/員	五/命訓/1/則	五/命訓/1/則
五/命訓/1/則	五/命訓/2/則	五/命訓/2/則	五/命訓/3/則	五/命訓/4/則
五/命訓/5/則	五/命訓/5/則	五/命訓/6/則	五/命訓/6/則	五/命訓/6/則
五/命訓/6/則	五/命訓/8/則	五/命訓/8/則	五/命訓/8/則	五/命訓/8/則
五/命訓/9/則	五/命訓/9/則	五/命訓/9/則	五/命訓/9/則	五/命訓/9/則
五/命訓/9/則	五/命訓/9/則	五/命訓/9/則	五/命訓/9/則	五/命訓/10/則
五/命訓/14/則	五/命訓/14/則	五/命訓/14/則	五/命訓/14/則	五/命訓/14/則

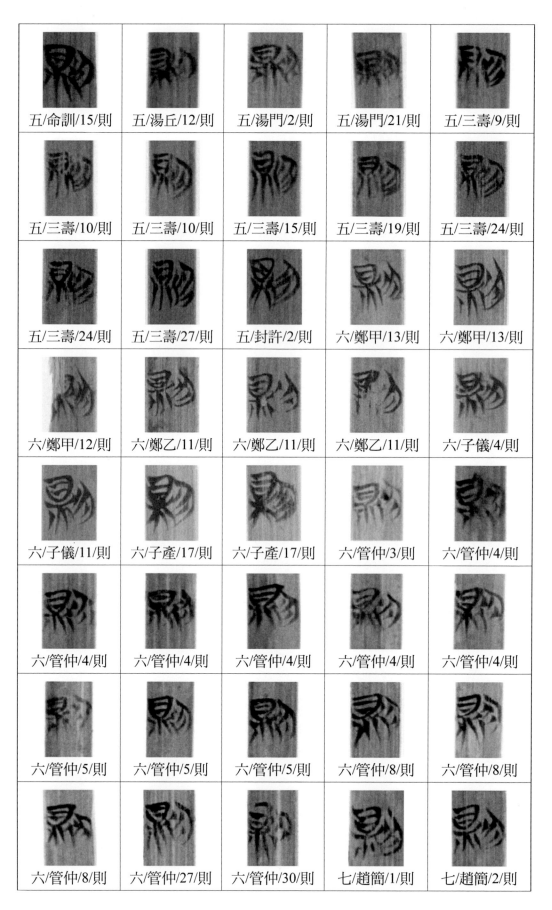

五/命訓/15/則	五/湯丘/12/則	五/湯門/2/則	五/湯門/21/則	五/三壽/9/則
五/三壽/10/則	五/三壽/10/則	五/三壽/15/則	五/三壽/19/則	五/三壽/24/則
五/三壽/24/則	五/三壽/27/則	五/封許/2/則	六/鄭甲/13/則	六/鄭甲/13/則
六/鄭甲/12/則	六/鄭乙/11/則	六/鄭乙/11/則	六/鄭乙/11/則	六/子儀/4/則
六/子儀/11/則	六/子產/17/則	六/子產/17/則	六/管仲/3/則	六/管仲/4/則
六/管仲/4/則	六/管仲/4/則	六/管仲/4/則	六/管仲/4/則	六/管仲/4/則
六/管仲/5/則	六/管仲/5/則	六/管仲/5/則	六/管仲/8/則	六/管仲/8/則
六/管仲/8/則	六/管仲/27/則	六/管仲/30/則	七/趙簡/1/則	七/趙簡/2/則

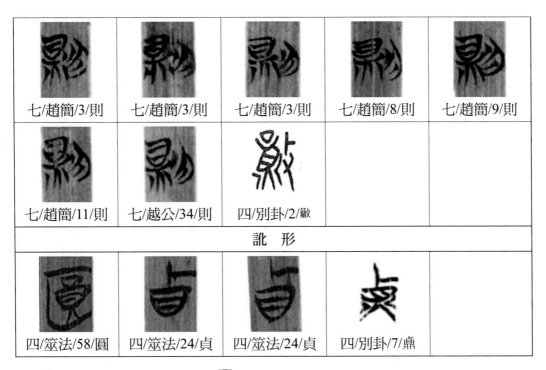

七/趙簡/3/則	七/趙簡/3/則	七/趙簡/3/則	七/趙簡/8/則	七/趙簡/9/則
七/趙簡/11/則	七/越公/34/則	四/別卦/2/𣪊		
訛 形				
四/筮法/58/圓	四/筮法/24/貞	四/筮法/24/貞	四/別卦/7/鼎	

《說文・卷七・鼎部》：「▓，三足兩耳，和五味之寶器也。昔禹收九牧之金，鑄鼎荊山之下，入山林川澤，螭魅蝄蜽，莫能逢之，以協承天休。《易》卦：巽木於下者為鼎，象析木以炊也。籀文以鼎為貞字。凡鼎之屬皆从鼎。」甲骨文形體寫作：𣇄（《合集》19962），𣇄（《合集》13034），𣇄（《合補》6917）。金文形體寫作：▓（《鼎方彝》），▓（《作寶鼎鼎》），▓（《晉侯邦父鼎》）。「鼎」字為象形字，關於鼎的器用，朱鳳瀚提到：「除煮食物外，亦可用來煮湯（熱水），或在宴饗時用作盛肉與調味品之器具。」〔註276〕

258 豆

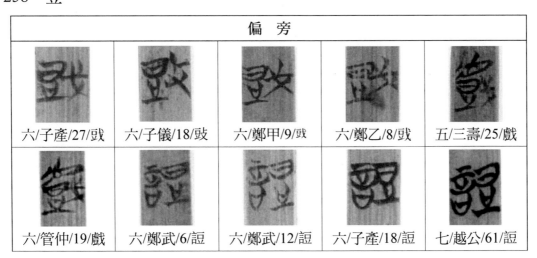

偏 旁				
六/子產/27/戝	六/子儀/18/敊	六/鄭甲/9/戝	六/鄭乙/8/戝	五/三壽/25/戲
六/管仲/19/戲	六/鄭武/6/詎	六/鄭武/12/詎	六/子產/18/詎	七/越公/61/詎

〔註276〕朱鳳瀚：《古代中國青銅器》，頁67。

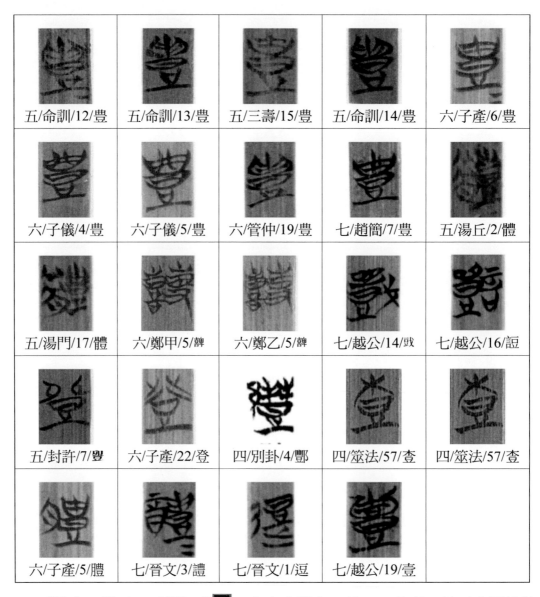

五/命訓/12/豐	五/命訓/13/豐	五/三壽/15/豐	五/命訓/14/豐	六/子產/6/豐
六/子儀/4/豐	六/子儀/5/豐	六/管仲/19/豐	七/趙簡/7/豐	五/湯丘/2/體
五/湯門/17/體	六/鄭甲/5/豐	六/鄭乙/5/豐	七/越公/14/戠	七/越公/16/詯
五/封許/7/豐	六/子產/22/登	四/別卦/4/酆	四/筮法/57/查	四/筮法/57/查
六/子產/5/體	七/晉文/3/禮	七/晉文/1/逗	七/越公/19/壹	

　　《說文・卷五・豆部》:「，古食肉器也。从口，象形。凡豆之屬皆从豆。古文豆。」甲骨文形體寫作: (《屯》740), (《屯》2484), (《合集》29346)。金文形體寫作: (《宰甫卣》), (《周生豆》)。豆為象形字，象古代盛放食物的器皿。《周禮・天官・冢宰・醢人》中，提到「醢人」掌四豆之實。〔註277〕

〔註277〕季師旭昇:《說文新證》，頁404。

259　皀

偏　旁				
五/厚父/13/飤	五/湯丘/1/飤	五/湯丘/1/飤	五/湯丘/2/飤	五/湯丘/6/飤
五/湯丘/7/飤	五/湯丘/7/飤	五/湯丘/15/飤	五/湯丘/18/飤	五/三壽/8/飤
五/三壽/8/飤	六/子儀/1/飤	六/子產/23/飤	七/趙簡/9/飤	七/趙簡/10/飤
七/越公/17/飤	七/越公/31/飤	七/越公/32/飤	七/越公/33/飤	七/越公/33/飤
七/越公/36/飤	七/越公/46/飤	七/越公/46/飤	七/越公/49/飤	七/越公/58/飤
六/管仲/6/即	六/管仲/21/即	六/子產/6/即	七/子犯/3/即	四/筮法/2/鄉
四/筮法/4/鄉	五/厚父/2/卿	五/厚父/4/卿	五/厚父/13/卿	四/筮法/53/飢

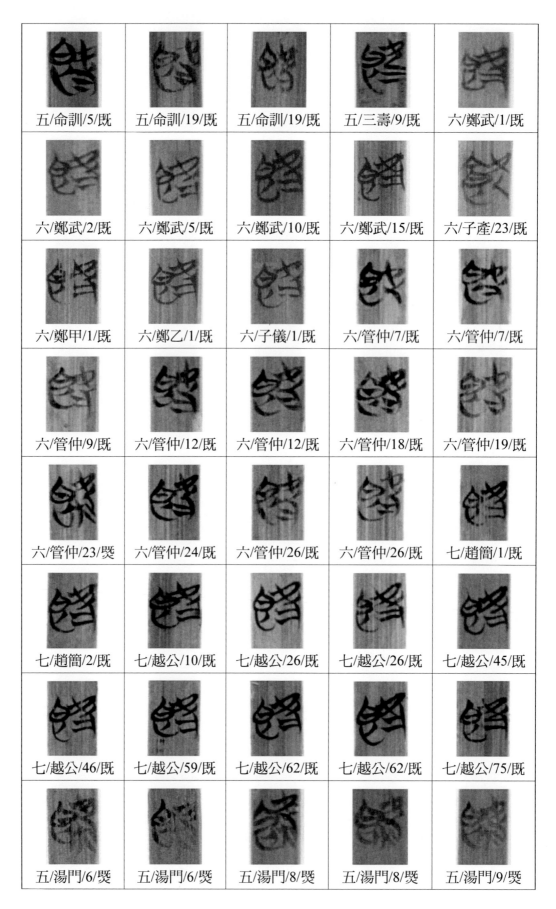

五/命訓/5/既	五/命訓/19/既	五/命訓/19/既	五/三壽/9/既	六/鄭武/1/既
六/鄭武/2/既	六/鄭武/5/既	六/鄭武/10/既	六/鄭武/15/既	六/子產/23/既
六/鄭甲/1/既	六/鄭乙/1/既	六/子儀/1/既	六/管仲/7/既	六/管仲/7/既
六/管仲/9/既	六/管仲/12/既	六/管仲/12/既	六/管仲/18/既	六/管仲/19/既
六/管仲/23/嘅	六/管仲/24/既	六/管仲/26/既	六/管仲/26/既	七/趙簡/1/既
七/趙簡/2/既	七/越公/10/既	七/越公/26/既	七/越公/26/既	七/越公/45/既
七/越公/46/既	七/越公/59/既	七/越公/62/既	七/越公/62/既	七/越公/75/既
五/湯門/6/嘅	五/湯門/6/嘅	五/湯門/8/嘅	五/湯門/8/嘅	五/湯門/9/嘅

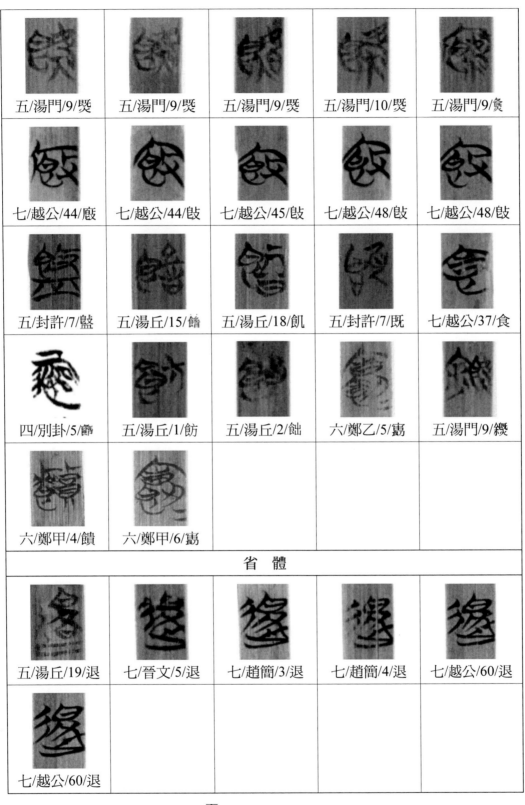

五/湯門/9/奬	五/湯門/9/奬	五/湯門/9/奬	五/湯門/10/奬	五/湯門/9/飻
七/越公/44/廄	七/越公/44/皀	七/越公/45/皀	七/越公/48/皀	七/越公/48/皀
五/封許/7/盬	五/湯丘/15/饍	五/湯丘/18/飢	五/封許/7/既	七/越公/37/食
四/別卦/5/籫	五/湯丘/1/飬	五/湯丘/2/衂	六/鄭乙/5/寭	五/湯門/9/籫
六/鄭甲/4/饋	六/鄭甲/6/寭			

省　體				
五/湯丘/19/退	七/晉文/5/退	七/趙簡/3/退	七/趙簡/4/退	七/越公/60/退
七/越公/60/退				

《說文・卷五・皀部》：「，穀之馨香也。象嘉穀在裹中之形。匕，所以扱之。或說皀，一粒也。凡皀之屬皆从皀。又讀若香。」《說文・卷五・竹部》：「，黍稷方器也。从竹从皿从皀。，古文簠从匚、飢。，古文簠或从

軌。，亦古文簋。」甲骨文形體寫作：（《合集》28269「即」字），（《合集》32889）。金文形體寫作：（《叔姬簋》），（《作寶簋》）。季師謂：「盛煮熟的黍稷稻粱的圓形有蓋器。」〔註278〕

260 酉

單 字				
五/厚父/13/酉	五/厚父/13/酉	五/厚父/13/酉	五/厚父/13/酉	五/厚父/13/酉
五/厚父/13/酉				
偏 旁				
五/封許/3/猷	五/封許/5/猷	五/封許/8/猷	五/湯丘/5/猷	五/湯門/5/猷
五/湯門/9/猷	五/三壽/22/猷	六/鄭武/11/猷	六/子儀/7/猷	七/子犯/2/猷
七/子犯/10/猷	六/子產/23/酓	七/趙簡/10/酓	七/越公/32/酓	七/越公/33/酓
七/越公/46/酓	七/越公/46/酓	七/越公/58/酓	六/鄭武/1/奠	六/鄭武/2/奠

〔註278〕季師旭昇:《說文新證》，頁 372。

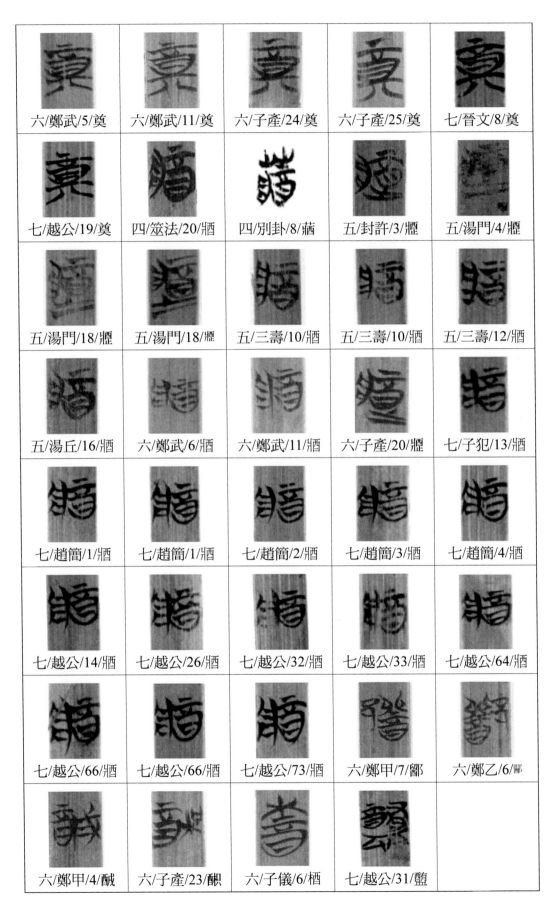

六/鄭武/5/奠	六/鄭武/11/奠	六/子產/24/奠	六/子產/25/奠	七/晉文/8/奠
七/越公/19/奠	四/筮法/20/牆	四/別卦/8/蒔	五/封許/3/牆	五/湯門/4/牆
五/湯門/18/牆	五/湯門/18/牆	五/三壽/10/牆	五/三壽/10/牆	五/三壽/12/牆
五/湯丘/16/牆	六/鄭武/6/牆	六/鄭武/11/牆	六/子產/20/牆	七/子犯/13/牆
七/趙簡/1/牆	七/趙簡/1/牆	七/趙簡/2/牆	七/趙簡/3/牆	七/趙簡/4/牆
七/越公/14/牆	七/越公/26/牆	七/越公/32/牆	七/越公/33/牆	七/越公/64/牆
七/越公/66/牆	七/越公/66/牆	七/越公/73/牆	六/鄭甲/7/鄙	六/鄭乙/6/鄙
六/鄭甲/4/酖	六/子產/23/酗	六/子儀/6/栖	七/越公/31/鹽	

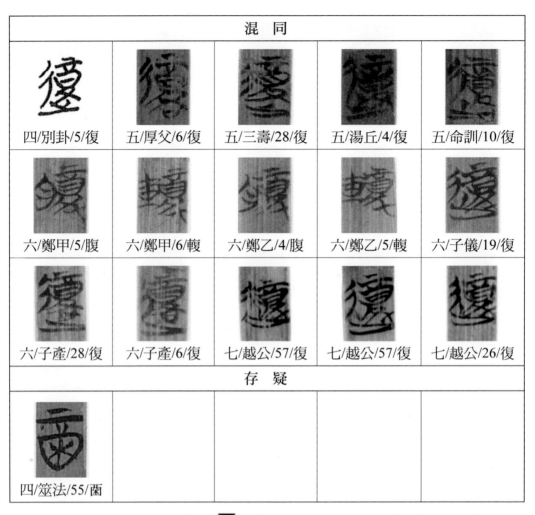

混　同				
四/別卦/5/復	五/厚父/6/復	五/三壽/28/復	五/湯丘/4/復	五/命訓/10/復
六/鄭甲/5/腹	六/鄭甲/6/輹	六/鄭乙/4/腹	六/鄭乙/5/輹	六/子儀/19/復
六/子產/28/復	六/子產/6/復	七/越公/57/復	七/越公/57/復	七/越公/26/復
存　疑				
四/筮法/55/圅				

　　《說文・卷十四・酉部》：「▨，就也。八月黍成，可為酎酒。象古文酉之形。凡酉之屬皆从酉。▨古文酉。从卯，卯為春門，萬物已出。酉為秋門，萬物已入。一，閉門象也。」甲骨文形體寫作：▨（《合集》19866），▨（《合集》166），▨（《合集》30381）。金文形體寫作：▨（《父辛酉卣》），▨（《矢令方彝》）。本義為象形字，象釀酒器或酒容器，後假借為地支名。〔註279〕

261　畐

偏　旁				
五/命訓/1/福	五/命訓/2/福	五/命訓/7/福	五/命訓/7/福	五/命訓/8/福

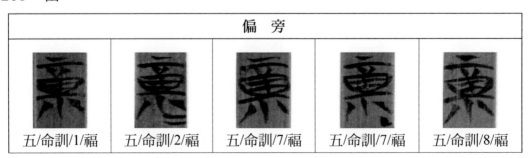

〔註279〕季師旭昇：《說文新證》，頁 983～984。

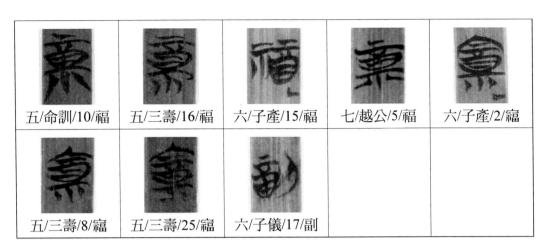

五/命訓/10/福	五/三壽/16/福	六/子產/15/福	七/越公/5/福	六/子產/2/福
五/三壽/8/福	五/三壽/25/福	六/子儀/17/副		

　　《說文・卷五・畐部》:「畐，滿也。从高省，象高厚之形。凡畐之屬皆从畐。讀若伏。」甲骨文形體寫作：畐（《合作》30065），畐（《合集》30948），畐（《屯南》4197）。金文形體寫作：畐（《畐父辛爵》），畐（《士父鍾》）。「畐」字為象形字，象盛酒器。

262　曾

偏　旁				
五/封許/6/贈	六/子儀/8/歓	六/子儀/9/歓	七/晉文/4/增	七/越公/41/增

　　《說文・卷二・八部》:「曾，詞之舒也。从八从曰，囟聲。」甲骨文形體寫作：曾（《合集》22294），曾（《合集》1012）。金文形體寫作：曾（《小臣鼎》），曾（《曾伯文簋》）。朱芳圃提出「曾」當為象形字，當為「甑」的初文。〔註280〕

263　㫗

偏　旁				
五/厚父/1/厚	五/厚父/4/厚	五/厚父/7/厚	五/厚父/9/厚	

〔註280〕朱芳圃：《殷周文字釋叢》，頁81。

《說文・卷五・㫗部》:「，厚也。从反亯。凡㫗之屬皆从㫗。」甲骨文形體寫作：(《後》2.32.11)，(《懷》347)。金文形體寫作：(《㫗尊》)。季師釋形作：「某種巨口狹頸的容器，意用以盛鹽，鹽味厚長，因此有『厚』義。」〔註 281〕

264　缶

偏　旁				

五/三壽/11/寶	六/鄭武/5/寶	六/管仲/8/寶	六/管仲/14/寶	六/管仲/14/寶

《說文・卷五・缶部》:「，瓦器。所以盛酒漿。秦人鼓之以節謌。象形。凡缶之屬皆从缶。」甲骨文形體寫作：（《合集》01027 正），（《英》0733），（《合集》06571）。金文形體寫作：（《小臣缶方鼎》），（《京姜鬲》），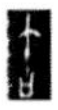（《蔡侯缶》）。「缶」字形體為象形字，象某種瓦器，可以盛酒、可以擊節唱歌。〔註 282〕

265　公

單　字				

四/筮法/31/公	六/管仲/1/公	六/管仲/2/公	六/管仲/3/公	六/管仲/5/公

六/管仲/7/公	六/管仲/8/公	六/管仲/11/公	六/管仲/14/公	六/管仲/16/公

〔註 281〕季師旭昇：《說文新證》，頁 457。
〔註 282〕季師旭昇：《說文新證》，頁 445。

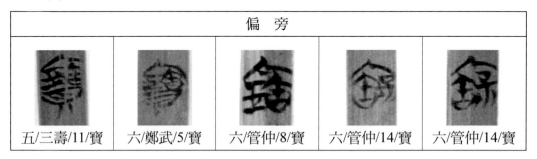

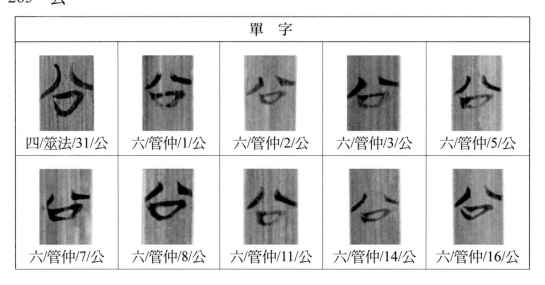

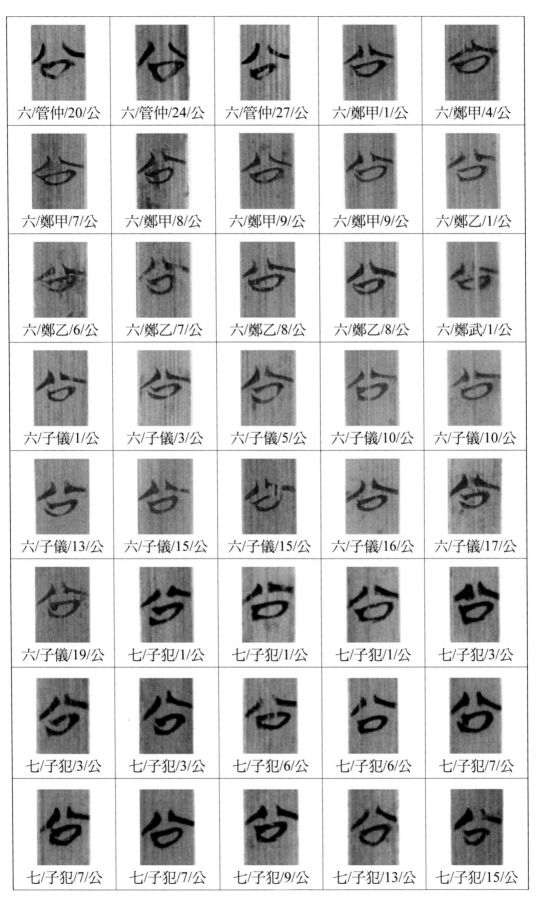

六/管仲/20/公	六/管仲/24/公	六/管仲/27/公	六/鄭甲/1/公	六/鄭甲/4/公
六/鄭甲/7/公	六/鄭甲/8/公	六/鄭甲/9/公	六/鄭甲/9/公	六/鄭乙/1/公
六/鄭乙/6/公	六/鄭乙/7/公	六/鄭乙/8/公	六/鄭乙/8/公	六/鄭武/1/公
六/子儀/1/公	六/子儀/3/公	六/子儀/5/公	六/子儀/10/公	六/子儀/10/公
六/子儀/13/公	六/子儀/15/公	六/子儀/15/公	六/子儀/16/公	六/子儀/17/公
六/子儀/19/公	七/子犯/1/公	七/子犯/1/公	七/子犯/1/公	七/子犯/3/公
七/子犯/3/公	七/子犯/3/公	七/子犯/6/公	七/子犯/6/公	七/子犯/7/公
七/子犯/7/公	七/子犯/7/公	七/子犯/9/公	七/子犯/13/公	七/子犯/15/公

七/趙簡/7/公	七/趙簡/10/公	七/趙簡/8/公	七/晉文/1/公	七/越公/11/公
七/越公/15/公	七/越公/19/公	七/越公/24/公	七/越公/69/公	七/越公/70/公
七/越公/75/公	七/越公/75/公			
偏　旁				
六/鄭甲/6/容	六/鄭乙/5/容	五/三壽/1/訟	七/晉文/2/訟	七/越公/38/訟
七/越公/41/訟				

　　《說文・卷二・八部》：「[象形字], 平分也。从八从厶。（音司。）八猶背也。韓非曰：背厶為公。」甲骨文形體寫作：[字形]（《合集》27149），[字形]（《合集》36545）。金文形體寫作：[字形]（《旅鼎》），[字形]（《毛公鼎》），[字形]（《鮴公子簋》）。當為象形字，本意當為「甕」字本字，假借為平分、爵名。〔註283〕

266　卣

單　字				
五/封許/5/卣	五/厚父/10/卣	五/湯丘/13/卣		

〔註283〕季師旭昇：《說文新證》，頁86。

《說文・卷五・乃部》：「，气行皃。从乃卤聲。讀若攸。」《說文・卷七・卤部》：「，艸木實垂卤卤然。象形。凡卤之屬皆从卤。讀若調。籀文三卤為卤。」甲骨文形體寫作：（《合集》03583），（《合集》14128），（《合集》30815），（《合集》30917）。金文形體寫作：（《大盂鼎》），（《三年師兌簋》）。徐中舒釋形作：「卤字，為古時乘酒的葫蘆，底部不穩，故盛以盤。」〔註284〕

267　皿

單　字				
四/筮法/49/監	五/厚父/1/監	五/封許/7/監	五/封許/7/監	五/三壽/14/監
七/子犯/6/監	七/越公/23/監	七/越公/59/監	七/越公/64/監	七/越公/65/監
五/三壽/19/盥	六/鄭武/15/盥	六/管仲/22/盥	七/子犯/10/盥	七/越公/26/盥
五/厚父/4/盤	五/封許/7/盤	七/子犯/14/盤	七/趙簡/1/盆	七/趙簡/5/盆
七/趙簡/6/盆	七/晉文/1/盟	七/晉文/2/盟	七/晉文/3/盟	七/晉文/4/盟

〔註284〕徐中舒：〈怎樣研究中國古代文字〉《古文字研究（第15輯）》，頁5。

七/越公/25/盟	六/鄭武/3/盈	七/趙簡/8/盈	五/命訓/12/䰰	五/封許/7/盤
六/鄭武/6/檻	六/鄭武/8/盥	六/子儀/16/屬	七/晉文/1/鹽	七/越公/11/壺
七/越公/31/盟	七/越公/31/鹽			

合　文			
四/別卦/1/盍			

　　《說文・卷五・皿部》：「◎，飯食之用器也。象形。與豆同意。凡皿之屬皆从皿。讀若猛。」甲骨文形體寫作：◎（《合集》21917），◎（《合集》31149），◎（《合集》26786）。金文形體寫作：◎（《皿作父已觶》），◎（《皿合觶》），◎（《皿辛簋》），◎（《皿觶》）。「皿」字為象形字，象器皿之形。

268　益

單　字			
六/子儀/1/益			

　　《說文・卷五・皿部》：「◎，饒也。从水、皿。皿，益之意也。」甲骨文形體寫作：◎（《合集》811 正），◎（《合集》26040），◎（《合集》6291）。金文形體寫作：◎（《師道簋》），◎（《益公鍾》）。林義光：「皿中盛物，八象

上溢形。」〔註 285〕

269　去

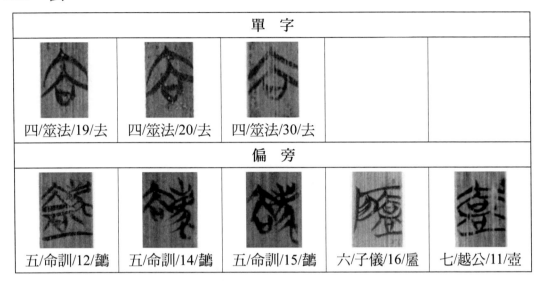

單　字				
四/筮法/19/去	四/筮法/20/去	四/筮法/30/去		
偏　旁				
五/命訓/12/龘	五/命訓/14/龘	五/命訓/15/龘	六/子儀/16/厴	七/越公/11/壺

　　《說文・卷五・去部》：「＠，人相違也。从大凵聲。凡去之屬皆从去。」甲骨文形體寫作：＠（《合集》5127），＠（《合集》5129），＠（《合集》28189）。金文形體寫作：＠（《哀成弔鼎》）。「去」字應當為象形字，象器皿上蓋子。

〔註 286〕

270　害

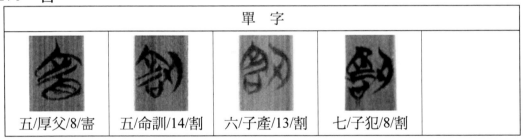

單　字				
五/厚父/8/害	五/命訓/14/割	六/子產/13/割	七/子犯/8/割	

　　《說文・卷七・宀部》：「＠，傷也。从宀从口。宀、口，言从家起也。丯聲。」甲骨文從「害」的字寫作：＠（《京津》5283）。金文形體寫作：＠（《師害簋》），＠（《伯家父簋》）。郭沫釋形作：「害乃古蓋字。象缶上有罩覆蓋。」

〔註 287〕何琳儀：「害字初文象矛頭之形體，稭之初文」〔註 288〕

〔註 285〕林義光：《說文新證》，頁 174。
〔註 286〕裘錫圭：〈談談古文字資料對古漢語研究的重要性〉《裘錫圭學術文集（卷四）》，頁 42。
〔註 287〕郭沫若：《金文叢考》，頁 304。
〔註 288〕何琳儀：《戰國古文字典》，頁 898。

271 易

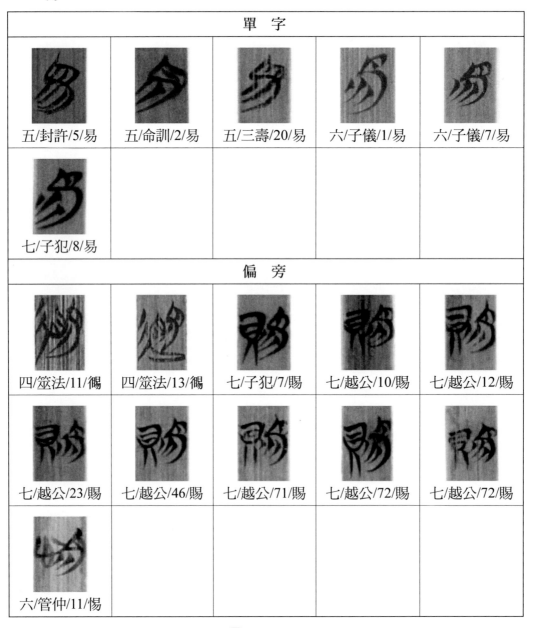

單　字				
五/封許/5/易	五/命訓/2/易	五/三壽/20/易	六/子儀/1/易	六/子儀/7/易
七/子犯/8/易				
偏　旁				
四/筮法/11/徬	四/筮法/13/徬	七/子犯/7/賜	七/越公/10/賜	七/越公/12/賜
七/越公/23/賜	七/越公/46/賜	七/越公/71/賜	七/越公/72/賜	七/越公/72/賜
六/管仲/11/惕				

　　《說文‧卷‧九‧易部》：「易，蜥易，蝘蜓，守宮也。象形。《祕書》說：日月為易，象陰陽也。一曰从勿。凡易之屬皆从易。」甲骨文形體作：𩁹（《前》6.42.8），𩁹（《河》784），𩁹（《合集》21099），𡔋（《合集》32226），𡔋（《合補》11299）。金文形體寫作：𩁹（《德鼎》），𩁹（《從鼎》），𩁹（《呂服余盤》），𩁹（《毛公鼎》），𩁹（《大簋蓋》）。「易」初文為會意，𡔋形為省體會意字。表示變易、賜給之意。季師：「甲骨文從兩手捧兩酒器傾注承受，會『變易』、『賜給』之義。或省兩手、或再省一器，最後則截取酒器之一部

分及酒形。」〔註289〕

272 勺

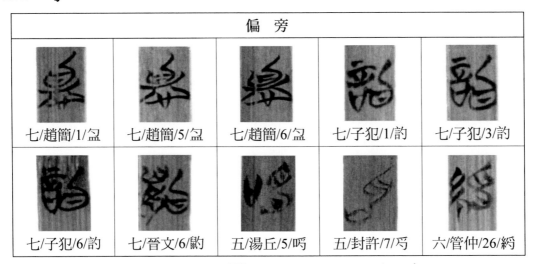

偏　旁				
七/趙簡/1/盇	七/趙簡/5/盇	七/趙簡/6/盇	七/子犯/1/訋	七/子犯/3/訋
七/子犯/6/訋	七/晉文/6/䶄	五/湯丘/5/呺	五/封許/7/弓	六/管仲/26/綹

《說文・卷十四・勺部》：「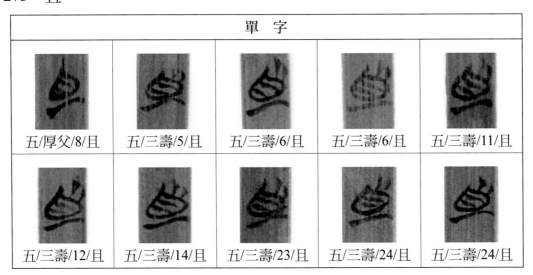，挹取也。象形，中有實，與包同意。凡勺之屬皆从勺。」甲骨文未見「勺」字的形體，商金文寫作：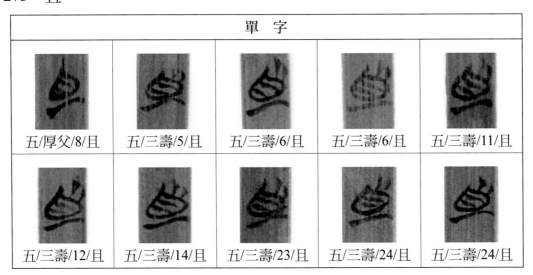（《勺方鼎》），從「勺」的字寫作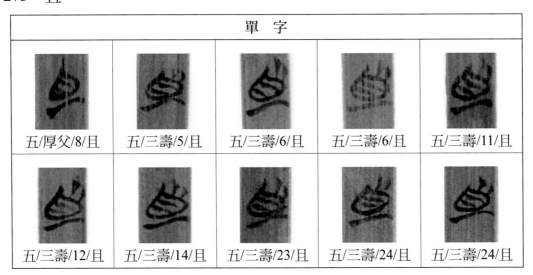（《我鼎》）。西周金文「酌」字寫作：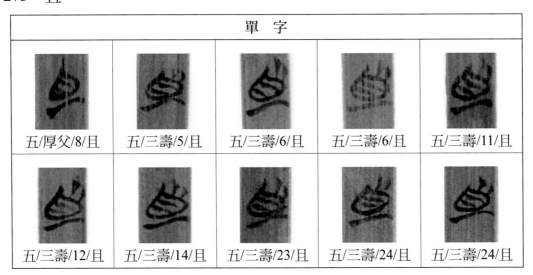（《伯公父勺》）。「勺」字當為象形字，象勺形，中部用一點畫表示所取食物或湯水。張日昇：「象勺形，中有實。」〔註290〕

273 且

單　字				
五/厚父/8/且	五/三壽/5/且	五/三壽/6/且	五/三壽/6/且	五/三壽/11/且
五/三壽/12/且	五/三壽/14/且	五/三壽/23/且	五/三壽/24/且	五/三壽/24/且

〔註289〕季師旭昇：《說文新證》，頁739。
〔註290〕周法高主編：《金文詁林》，頁108。

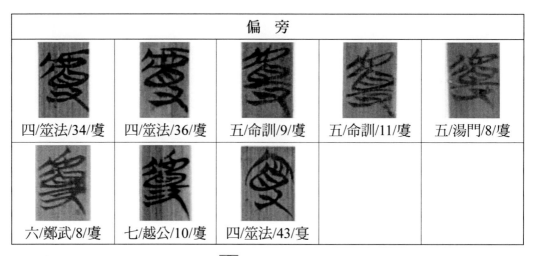

偏 旁				
四/筮法/34/覿	四/筮法/36/覿	五/命訓/9/覿	五/命訓/11/覿	五/湯門/8/覿
六/鄭武/8/覿	七/越公/10/覿	四/筮法/43/夏		

　　《說文·卷十四·且部》:「［圖］,薦也。從几,足有二橫,一其下地也。凡且之屬皆從且。」甲骨文形體寫作:［圖］(《合集》27080),［圖］(《合集》27155),［圖］(《合集》903)。金文形體寫作:［圖］(《大盂鼎》),［圖］(《亞耳且丁尊》),［圖］(《且辛爵》)。唐蘭以為:「且即盛肉之俎。……且字本當作［圖］,象俎形,其作［圖］或［圖］形者,蓋象房俎,於俎上施橫格也。」〔註291〕李孝定以為是象神祖之形,以為「俎」字所從與「且」字同形而異字。〔註292〕

274　會

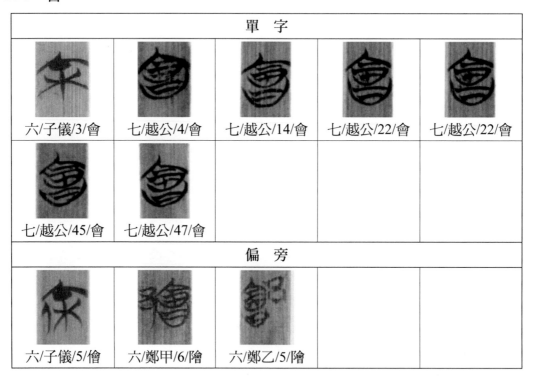

單 字				
六/子儀/3/會	七/越公/4/會	七/越公/14/會	七/越公/22/會	七/越公/22/會
七/越公/45/會	七/越公/47/會			

偏 旁				
六/子儀/5/儈	六/鄭甲/6/膾	六/鄭乙/5/膾		

〔註291〕唐蘭:〈殷墟文字二記〉《古文字研究(第1輯)》,頁55～62。
〔註292〕李孝定:《甲骨文字集釋》,頁4079。

　　《說文・卷五・會部》:「，合也。从亼，从曾省。曾，益也。凡會之屬皆从會。，古文會如此。」甲骨文形體寫作:（《合集》1030 正）。金文形體寫作:（《蔡字匜》），（《會嫃鼎》）。甲骨文「會」字從合，「囨」聲。「囨」字是「鑰」字的初文。「會」字在漢字發展中，逐步替代了「囨」字。〔註293〕戰國文字中另外有一種「會」字，李家浩根據《汗簡》中的「燴」字形體釋出。〔註294〕

275 鬲

單　字				
 五/三壽/15/鬲	 七/越公/61/鬲			
偏　旁				
 六/子儀/19/鄅				

　　《說文・卷三・鬲部》:「，鼎屬。實五觳。斗二升曰觳。象腹交文，三足。凡鬲之屬皆从鬲。，鬲或从瓦。，漢令鬲从瓦麻聲。」甲骨文形體寫作:（《合集》201 正），（《合集》32235）。金文形體寫作:（《大盂鼎》），（《召伯鬲》），（《王伯姜鬲》）。「鬲」為象形字，大口、袋形腹的容器。〔註295〕

〔註293〕季師旭昇:《說文新證》，頁 442。

〔註294〕李家浩:〈新陽楚簡中的「燴」字及從「共」之字〉《著名中年語言學家自選集・李家浩卷》，頁 195。

〔註295〕季師旭昇:《說文新證》，頁 190。

三十七、器　類

276　針

訛　變				
六/鄭武/13/慎	六/管仲/23/慎			
同　形				
五/命訓/12/豐	五/命訓/13/豐	五/命訓/14/豐		
存　疑				
四/筮法/45/晨	四/筮法/48/晨	四/筮法/49/晨	四/筮法/49/晨	四/筮法/52/晨
五/湯丘/2/體				

　　《說文·卷一·丨部》：「丨，上下通也。引而上行讀若囟，引而下行讀若退。凡丨之屬皆从丨。」《說文·卷十四·金部》：「鍼，所以縫也。从金咸聲。」甲骨「夅」字形體寫作：（《庫》1397），（《甲編》559），（《臣諫簋》），（《毛公厝鼎》）。裘錫圭謂「夅」字所從「丨」形即「針」之象形初文。「夅」象從「廾」捧「丨」形。〔註296〕

〔註296〕裘錫圭：〈釋郭店《緇衣》「出言有丨，黎民所訂」——兼說「丨」為「針」之初文〉《裘錫圭學術文集（卷二）》，頁 389～394。

277　羍

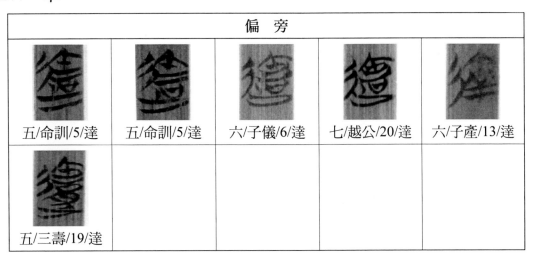

偏　旁				
五/命訓/5/達	五/命訓/5/達	六/子儀/6/達	七/越公/20/達	六/子產/13/達
五/三壽/19/達				

《說文・卷四・羊部》：「，小羊也。從羊大聲。讀若達。，羍或省。（他末切）」甲骨文作↑（《合集》32229／達偏旁）、↟（《合集》6040／達偏旁）；金文作↟（牆盤／達偏旁）、↟（保子達簋／達偏旁）。「羍」字的初文通「針」意義關係較為密切，應該是針一類的器具。〔註297〕

278　午

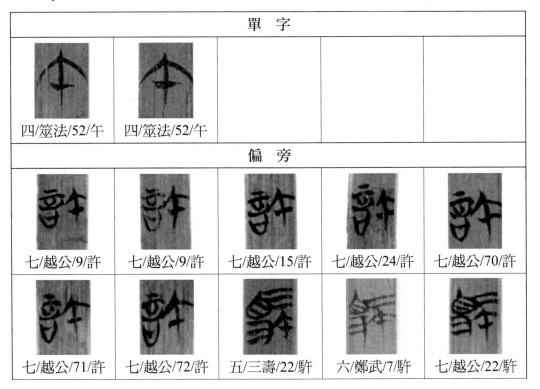

單　字				
四/筮法/52/午	四/筮法/52/午			
偏　旁				
七/越公/9/許	七/越公/9/許	七/越公/15/許	七/越公/24/許	七/越公/70/許
七/越公/71/許	七/越公/72/許	五/三壽/22/馭	六/鄭武/7/馭	七/越公/22/馭

〔註297〕趙平安：〈「達」字「針」義的文字學解釋〉《新出簡帛與古文字古文獻研究》，頁94。

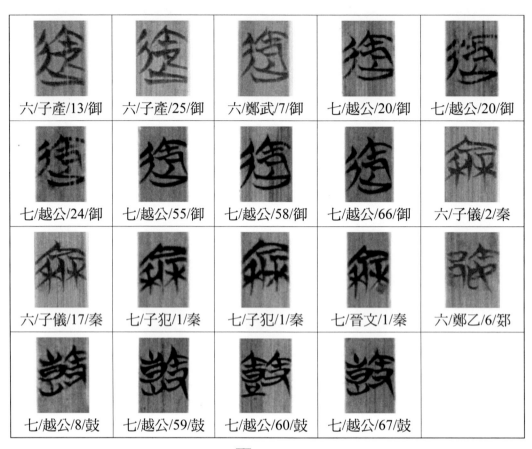

六/子產/13/御	六/子產/25/御	六/鄭武/7/御	七/越公/20/御	七/越公/20/御
七/越公/24/御	七/越公/55/御	七/越公/58/御	七/越公/66/御	六/子儀/2/秦
六/子儀/17/秦	七/子犯/1/秦	七/子犯/1/秦	七/晉文/1/秦	六/鄭乙/6/郯
七/越公/8/鼓	七/越公/59/鼓	七/越公/60/鼓	七/越公/67/鼓	

　　《說文・卷・十四・午部》：「午，啎也。五月，陰气午逆陽。冒地而出。此予矢同意。凡午之屬皆从午。」甲骨文形體寫作：↓（《合集》20532），↓（《合集》7707）。金文形體寫作：午（《四祀邲其卣》），午（《召卣》）午，（《大師且簋》）。釋形作：「本義為象形字，象杵之形，假藉為地支名」〔註298〕

279　臼

偏　旁				
六/子儀/2/舊	六/子儀/2/舊	六/子產/12/舊	六/鄭武/13/舊	七/子犯/9/舊
七/晉文/1/舊	七/晉文/2/舊	七/晉文/3/舊	七/晉文/4/舊	七/晉文/6/舊

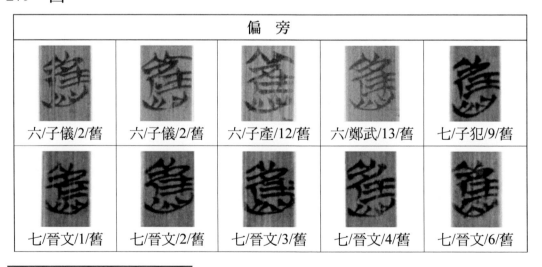

〔註298〕季師旭昇：《說文新證》，頁980。

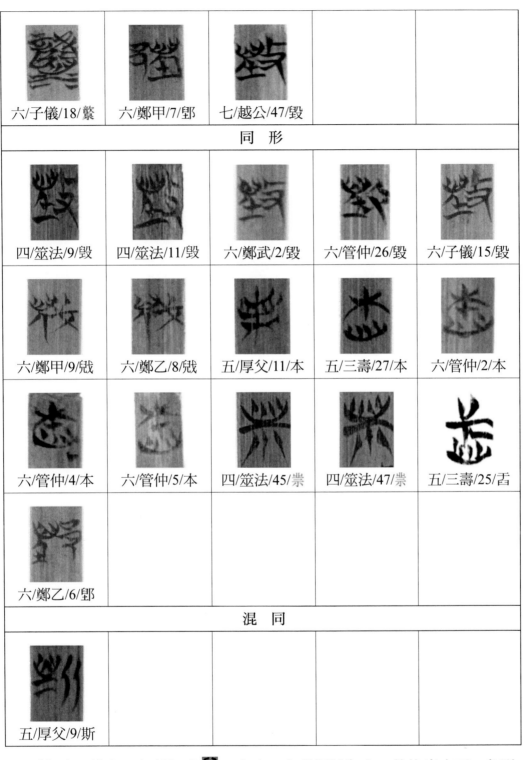

六/子儀/18/蘩	六/鄭甲/7/鄝	七/越公/47/毀		
同　形				
四/筮法/9/毀	四/筮法/11/毀	六/鄭武/2/毀	六/管仲/26/毀	六/子儀/15/毀
六/鄭甲/9/戕	六/鄭乙/8/戕	五/厚父/11/本	五/三壽/27/本	六/管仲/2/本
六/管仲/4/本	六/管仲/5/本	四/筮法/45/祟	四/筮法/47/祟	五/三壽/25/否
六/鄭乙/6/鄝				
混　同				
五/厚父/9/斯				

《說文・卷七・臼部》：「 ，舂也。古者掘地為臼，其後穿木石。象形。中，米也。凡臼之屬皆从臼。」甲骨卜辭中「臼」常用作「舂」字偏旁，寫作： （《合集》17078），（《合集》9336）。金文形體寫作： （《伯舂盉》），（《師簋》）。臼字為象形字，象杵臼之臼形。

280　爿

偏　旁				
五/封許/3/牁	五/湯門/4/牁	五/湯門/18/牁	五/湯門/18/牁	六/子產/20/牁
四/別卦/8/蒲	四/筮法/20/牆	五/三壽/10/牆	五/三壽/10/牆	五/三壽/12/牆
五/湯丘/16/牆	六/鄭武/6/牆	六/鄭武/11/牆	七/子犯/13/牆	七/趙簡/1/牆
七/趙簡/1/牆	七/趙簡/2/牆	七/趙簡/3/牆	七/趙簡/4/牆	七/越公/14/牆
七/越公/26/牆	七/越公/32/牆	七/越公/33/牆	七/越公/64/牆	七/越公/66/牆
七/越公/66/牆	七/越公/73/牆	五/命訓/4/牁	七/越公/17/牁	四/筮法/57/牁
五/三壽/5/牁	五/厚父/5/牁	六/鄭甲/6/牁	六/鄭乙/8/牁	六/子儀/2/牁

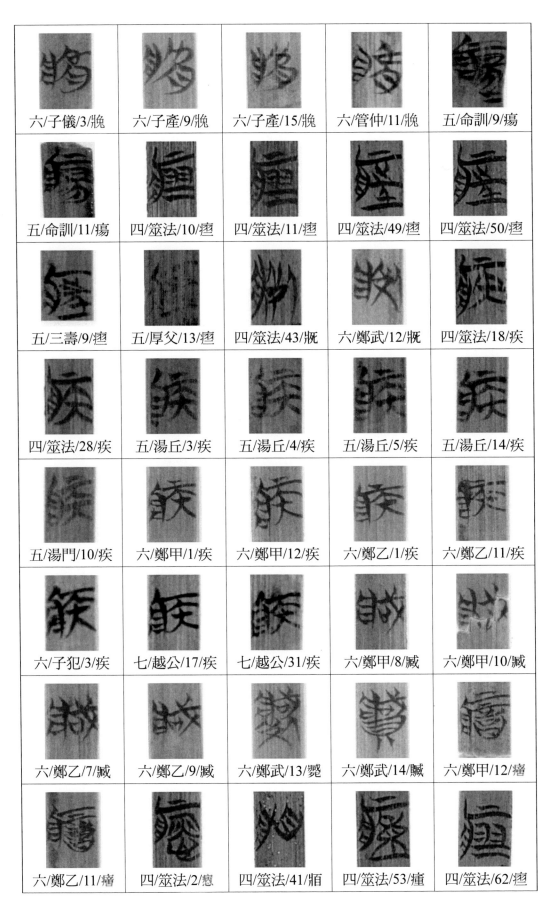

六/子儀/3/脫	六/子產/9/脫	六/子產/15/脫	六/管仲/11/脫	五/命訓/9/瘍
五/命訓/11/瘍	四/筮法/10/痙	四/筮法/11/痙	四/筮法/49/痙	四/筮法/50/痙
五/三壽/9/痙	五/厚父/13/痙	四/筮法/43/肒	六/鄭武/12/肒	四/筮法/18/疾
四/筮法/28/疾	五/湯丘/3/疾	五/湯丘/4/疾	五/湯丘/5/疾	五/湯丘/14/疾
五/湯門/10/疾	六/鄭甲/1/疾	六/鄭甲/12/疾	六/鄭乙/1/疾	六/鄭乙/11/疾
六/子犯/3/疾	七/越公/17/疾	七/越公/31/疾	六/鄭甲/8/臧	六/鄭甲/10/臧
六/鄭乙/7/臧	六/鄭乙/9/臧	六/鄭武/13/甆	六/鄭武/14/賊	六/鄭甲/12/瘤
六/鄭乙/11/瘤	四/筮法/2/愿	四/筮法/41/脂	四/筮法/53/瘇	四/筮法/62/瘇

五/封許/5/埶	五/三壽/9/龐	五/湯門/15/疠	五/湯丘/16/瘠	六/鄭武/1/歠
六/子產/7/痛	七/晉文/1/妝	七/越公/16/癥		
合　文				
四/別卦/4/大臧				

《說文・卷六・木部》：「牀，安身之坐者。从木爿聲。」甲骨文形體寫作：
爿（《合集》32982），爿（《合集》43）。金文形體寫作：爿（《父辛觶》「寐」字偏旁）。李孝定釋形作：「當是牀之初文。橫之形作 工工 ，上象牀版，下象足桄之形。」〔註299〕

281　丙

偏　旁				
五/湯門/16/弻	六/子儀/13/伓			

《說文・卷三・冃部》：「冃，舌皃。从冃省。象形。冃古文冃。讀若三年導服之導。一曰竹上皮。讀若沾。一曰讀若誓。弻字从此。」《說文・卷五・竹部》：「簟，竹席也。从竹覃聲。」甲骨文形體寫作：簟（《明》992），簟（《甲》1167）金文未見獨體字，但作為「宿」字偏旁形體寫作：宿（《室弔簋》），宿（《宿父作父癸尊》）。唐蘭釋形作：「象簟形。」〔註300〕

〔註299〕李孝定：《甲骨文字集釋》，頁2329。
〔註300〕唐蘭：《古文字學導論（下）》，頁58。

282　几

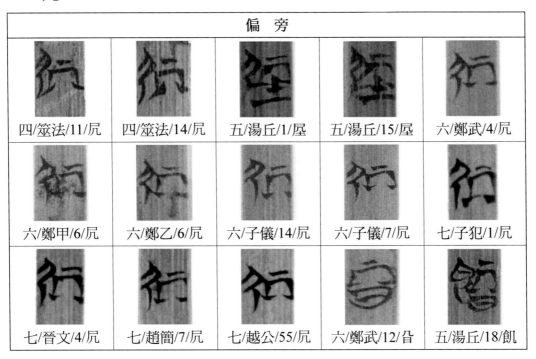

偏旁				
 四/筮法/11/凥	 四/筮法/14/凥	 五/湯丘/1/㞐	 五/湯丘/15/㞐	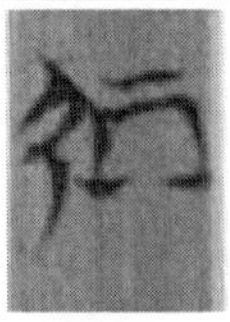 六/鄭武/4/凥
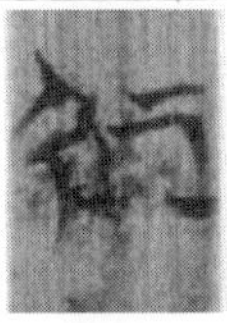 六/鄭甲/6/凥	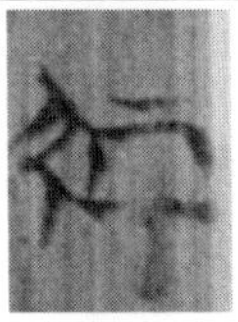 六/鄭乙/6/凥	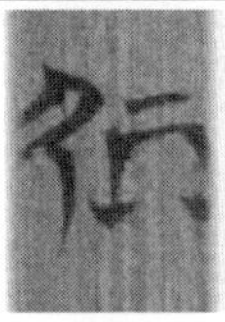 六/子儀/14/凥	 六/子儀/7/凥	 七/子犯/1/凥
 七/晉文/4/凥	 七/趙簡/7/凥	 七/越公/55/凥	 六/鄭武/12/㕣	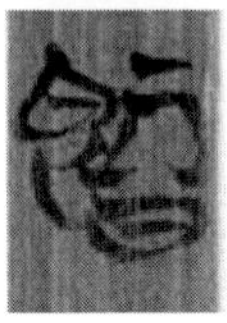 五/湯丘/18/飢

《說文・卷十四・几部》:「，踞几也。象形。《周禮》五几：玉几、雕几、彤几、鬆几、素几。凡几之屬皆从几。」甲骨文形體寫作：(《合集》32330)，(《合集》26972)，(《合集》32035)。金文形體寫作：(《鄂君啓舟節》「居」字下部為「几」)，(《史牆盤》「處」字下部為「几」)。于省吾釋形作:「象几案形。其或一足高一足低者，邪視之則前足高後足低。其有橫者，象橫矩之形，今俗稱為橫撐。」〔註 301〕

283　凡

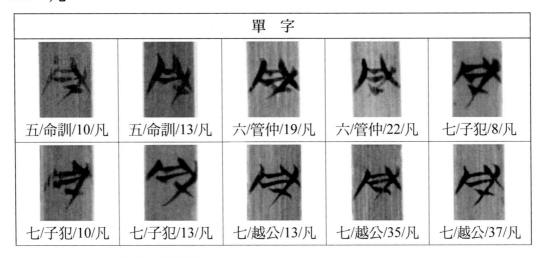

單字				
 五/命訓/10/凡	 五/命訓/13/凡	 六/管仲/19/凡	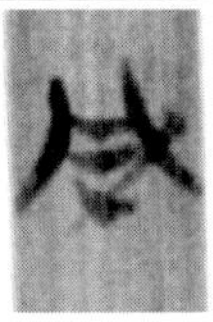 六/管仲/22/凡	 七/子犯/8/凡
 七/子犯/10/凡	 七/子犯/13/凡	 七/越公/13/凡	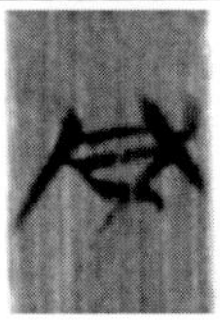 七/越公/35/凡	 七/越公/37/凡

〔註 301〕于省吾：《甲骨文字釋林》，頁 23。

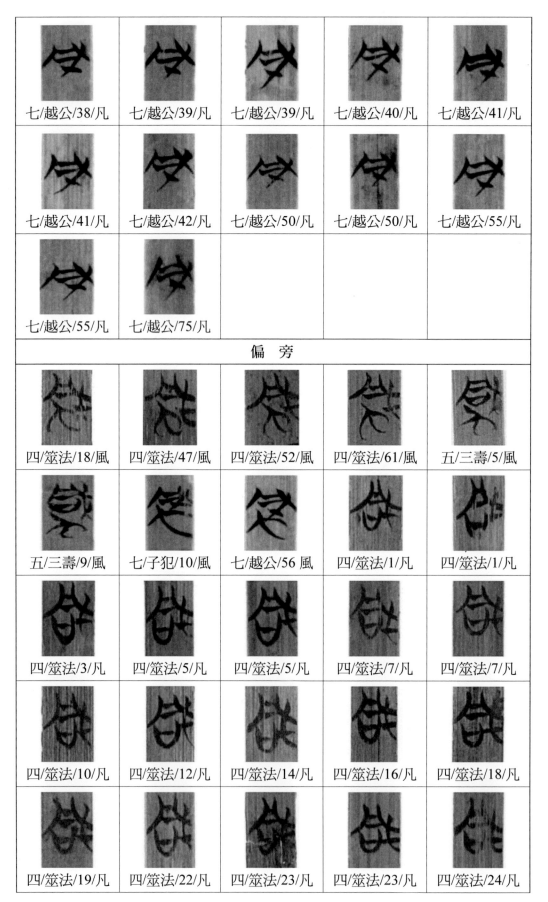

七/越公/38/凡	七/越公/39/凡	七/越公/39/凡	七/越公/40/凡	七/越公/41/凡
七/越公/41/凡	七/越公/42/凡	七/越公/50/凡	七/越公/50/凡	七/越公/55/凡
七/越公/55/凡	七/越公/75/凡			

偏　旁

四/筮法/18/風	四/筮法/47/風	四/筮法/52/風	四/筮法/61/風	五/三壽/5/風
五/三壽/9/風	七/子犯/10/風	七/越公/56 風	四/筮法/1/凡	四/筮法/1/凡
四/筮法/3/凡	四/筮法/5/凡	四/筮法/5/凡	四/筮法/7/凡	四/筮法/7/凡
四/筮法/10/凡	四/筮法/12/凡	四/筮法/14/凡	四/筮法/16/凡	四/筮法/18/凡
四/筮法/19/凡	四/筮法/22/凡	四/筮法/23/凡	四/筮法/23/凡	四/筮法/24/凡

四/筮法/24/凡	四/筮法/24/凡	四/筮法/26/凡	四/筮法/26/凡	四/筮法/28/凡
四/筮法/32/凡	四/筮法/38/凡	四/筮法/39/凡	四/筮法/40/凡	四/筮法/52/凡
四/筮法/61/凡	四/筮法/62/凡	四/筮法/63/凡	六/管仲/6/纕	六/管仲/11/纕
四/筮法/1/同	四/筮法/2/同	四/筮法/3/同	四/筮法/3/同	四/筮法/4/同
四/筮法/5/同	四/筮法/5/同	四/筮法/7/同	四/筮法/7/同	四/筮法/9/同
四/筮法/9/同	四/筮法/12/同	四/筮法/15/同	四/筮法/17/同	四/筮法/19/同
四/筮法/28/同	四/筮法/28/同	四/筮法/30/同	四/筮法/32/同	四/筮法/41/凡
五/三壽/16/同	六/子產/13/同	六/管仲/15/同	六/管仲/15/同	六/管仲/16/同

六/管仲/22/同	六/鄭甲/9/同	六/鄭乙/8/同	七/越公/6/同	七/越公/24/同
七/越公/24/同	五/命訓/4/痌	七/越公/17/痌	四/筮法/53/佪	六/子儀/20/週
七/子犯/9/興				
合　文				
四/別卦/1/佪				

　　《說文‧卷十三‧二部》：「凡，最括也。從二，二，偶也。從乃，乃，古文及。」甲骨文形體寫作：𠀁（《合集》28945），𠀁（《合集》29990）。金文形體寫作：𠜱（《多友鼎》），𠛆、𠛆（《散氏盤》）。此字形體含義，學者有多種說法。其中，羅振玉認為象承盤之形；〔註302〕陳夢家認為像側立之盤形，〔註303〕沈寶春釋為擡盤，即今之擔架，可以抬人。〔註304〕裘錫圭認為，「凡」可以讀為「同」，為「同」之省文。〔註305〕

〔註302〕羅振玉：《殷墟書契考釋（中）》，頁39。

〔註303〕陳夢家：《殷墟卜辭綜合述》，頁431。

〔註304〕沈寶春：〈釋凡與𠙵凡有广〉《香港中文大學第二屆國際中國古文字學研討會論文集》，頁117。

〔註305〕裘錫圭：〈說肩王有疾〉《裘錫圭文集（卷一）》，頁473～484。

284　用

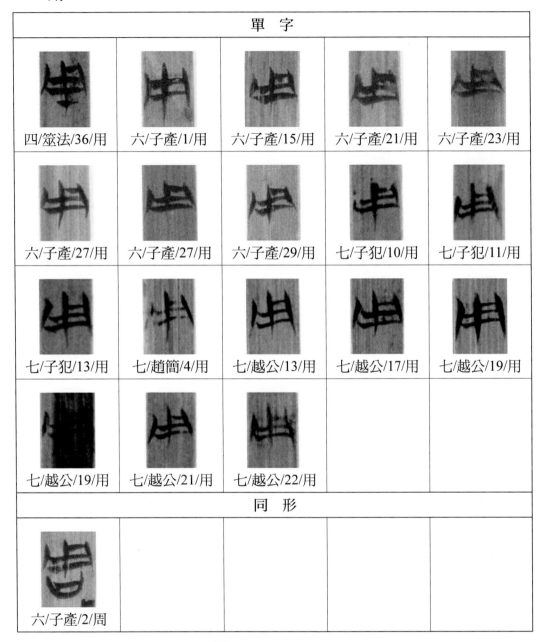

單　字				
四/筮法/36/用	六/子產/1/用	六/子產/15/用	六/子產/21/用	六/子產/23/用
六/子產/27/用	六/子產/27/用	六/子產/29/用	七/子犯/10/用	七/子犯/11/用
七/子犯/13/用	七/趙簡/4/用	七/越公/13/用	七/越公/17/用	七/越公/19/用
七/越公/19/用	七/越公/21/用	七/越公/22/用		
同　形				
六/子產/2/周				

　　《說文・卷三・用部》：「▦，可施行也。从卜从中。衞宏說。凡用之屬皆从用。▦，古文用。」甲骨文形體寫作：▦（《合集》19762），▦（《合集》19803），▦（《合集》15407）。金文形體寫作：▦（《九年衞鼎》），▦（《頌鼎》）。「用」當為象形字，象桶之形，借為「用」的語義。〔註306〕

〔註306〕季師旭昇：《說文新證》，頁 254。

285 甬

單 字				
五/厚父/6/用	五/厚父/7/用	五/厚父/13/用	五/厚父/13/用	五/厚父/13/用
五/厚父/13/用	五/命訓/11/用	五/三壽/11/甬	五/三壽/19/甬	五/三壽/23/甬
五/三壽/26/甬	五/三壽/28/甬	六/鄭武/16/甬	六/子儀/5/甬	七/越公/12/甬
七/越公/13/甬	七/越公/61/甬	七/越公/73/甬		
偏 旁				
五/湯門/15/俑	六/鄭甲/10/俑	六/鄭乙/9/㦰	七/越公/55/誦	

　　《說文・卷七・马部》:「，艸木華甬甬然也。从马用聲。」甲骨文未見「甬」字形體，金文形體寫作：（《彔伯簋》），（《曾侯乙鼎》）。于省吾:「甬字的造字本義，係於『用』字上部附加半圓形，作為指事字的標誌，以別於『用』，而仍因『用』字以為聲。」〔註307〕

〔註307〕于省吾:《甲骨文字釋林》，頁453～454。

286 宁

偏 旁				
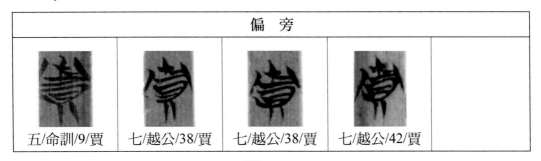五/命訓/9/賈	七/越公/38/賈	七/越公/38/賈	七/越公/42/賈	

《說文·卷十四··宁部》：「〔圖〕，辨積物也。象形。凡宁之屬皆从宁。」甲骨文形體寫作：〔圖〕（《前》4.25.7），〔圖〕（《鄴三下》36.5）。金文形體寫作：〔圖〕（《戶宁父戊爵》）。羅振玉提出，宁或許為象形字，上下及兩旁有擎柱，中空可貯物。

287 彗

單 字				
六/管仲/26/彗				
偏 旁				
四/筮法/59/疊				

《說文·卷三·又部》：「〔圖〕，掃竹也。从又持甡。〔圖〕，彗或从竹。〔圖〕，古文彗从竹从習。」甲骨文形體寫作：〔圖〕（《合集》7056），〔圖〕（《合集》33717），〔圖〕（《合集》533）。金文形體寫作：〔圖〕（《犀尊》）。董妍希謂：「ヨ字當釋為土帚，為『王帚』等植物之原始象形，而ヨ、ヨ字則為掃帚，乃狀其器。」〔註308〕

〔註308〕董妍希：《金文字根研究》，頁273。

288 帚

偏　旁				
五/湯丘/4/歸	五/湯丘/5/歸	五/三壽/23/歸	六/鄭武/6/婦	六/鄭武/6/婦
七/越公/23/婦	七/越公/35/婦	七/越公/36/婦	七越公/73/婦	六/子儀/20/遻
六/子儀/17/歸	六/子儀/18/歸	六/子儀/19/歸	六/子儀/19/歸	六/子產/7/寁
七/晉文/6/戩	七/越公/49/歸	七越公/51/歸		
合　文				
四/別卦/4/歸妹				

　　《說文・卷七・帚部》：「（帚），糞也。从又持巾埽冂內。古者少康初作箕、帚、秫酒。少康，杜康也，葬長垣。」甲骨文形體寫作：（《合集》20463），（《合集》32896），（《合集》19995），（《合集》28238）。金文形體寫作：（《帚好方尊》），（《帚嫡觶》），（《帚好箕》）。羅振玉謂：「字從，象帚形，其柄末，所以卓立者，與金文戈字之同意。其從者，象置帚之架，埽畢而置帚於架上，倒卓之夜。」〔註309〕

〔註309〕羅振玉：《增訂殷虛書契考釋（中）》，頁480。

289　亓（其）

單　字				
四/筮法/1/亓	四/筮法/11/亓	四/筮法/15/亓	四/筮法/39/亓	四/筮法/40/亓
四/筮法/41/亓	四/筮法/63/亓	五/命訓/7/亓	五/命訓/7/亓	五/命訓/8/亓
五/命訓/8/亓	五/命訓/9/亓	五/湯丘/6/亓	五/湯丘/6/亓	五/湯丘/6/亓
五/湯丘/7/亓	五/湯丘/7/亓	五/湯丘/9/亓	五/湯丘/9/亓	五/湯丘/13/亓
五/湯門/6/亓	五/湯門/8/亓	五/湯門/8/亓	五/湯門/8/亓	五/湯門/9/亓
五/湯門/9/亓	五/湯門/10/亓	六/鄭武/3/亓	六/鄭武/4/亓	六/鄭武/4/亓
六/鄭武/5/亓	六/鄭武/5/亓	六/鄭武/7/亓	六/鄭武/8/亓	六/鄭武/8/亓

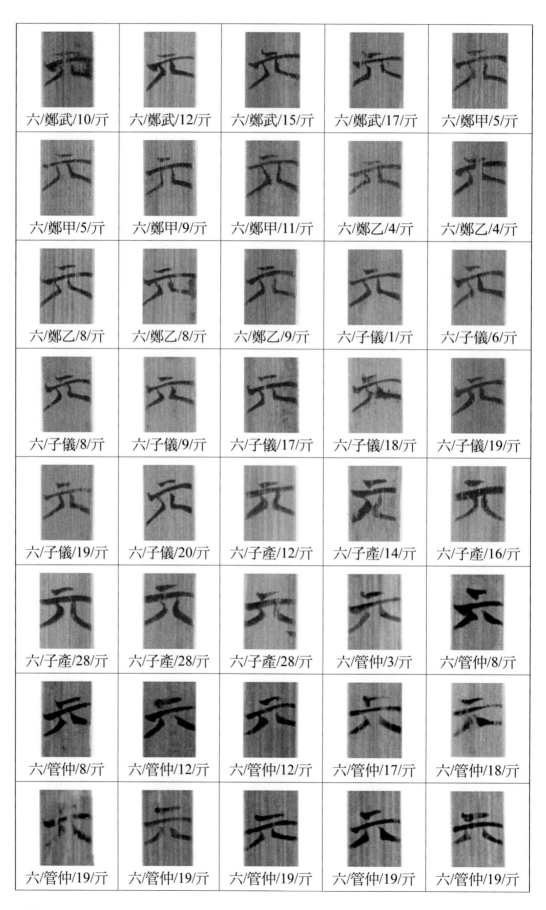

六/鄭武/10/亓	六/鄭武/12/亓	六/鄭武/15/亓	六/鄭武/17/亓	六/鄭甲/5/亓
六/鄭甲/5/亓	六/鄭甲/9/亓	六/鄭甲/11/亓	六/鄭乙/4/亓	六/鄭乙/4/亓
六/鄭乙/8/亓	六/鄭乙/8/亓	六/鄭乙/9/亓	六/子儀/1/亓	六/子儀/6/亓
六/子儀/8/亓	六/子儀/9/亓	六/子儀/17/亓	六/子儀/18/亓	六/子儀/19/亓
六/子儀/19/亓	六/子儀/20/亓	六/子產/12/亓	六/子產/14/亓	六/子產/16/亓
六/子產/28/亓	六/子產/28/亓	六/子產/28/亓	六/管仲/3/亓	六/管仲/8/亓
六/管仲/8/亓	六/管仲/12/亓	六/管仲/12/亓	六/管仲/17/亓	六/管仲/18/亓
六/管仲/19/亓	六/管仲/19/亓	六/管仲/19/亓	六/管仲/19/亓	六/管仲/19/亓

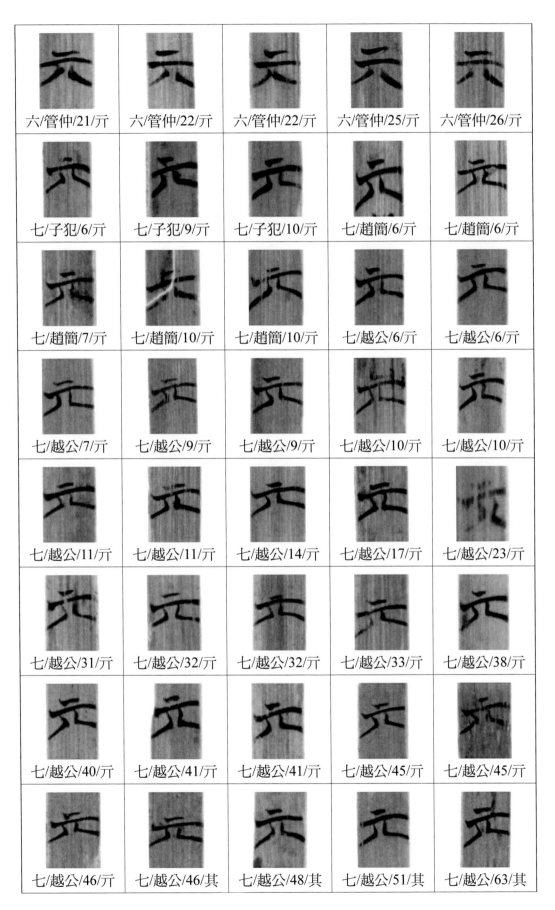

六/管仲/21/亓	六/管仲/22/亓	六/管仲/22/亓	六/管仲/25/亓	六/管仲/26/亓
七/子犯/6/亓	七/子犯/9/亓	七/子犯/10/亓	七/趙簡/6/亓	七/趙簡/6/亓
七/趙簡/7/亓	七/趙簡/10/亓	七/趙簡/10/亓	七/越公/6/亓	七/越公/6/亓
七/越公/7/亓	七/越公/9/亓	七/越公/9/亓	七/越公/10/亓	七/越公/10/亓
七/越公/11/亓	七/越公/11/亓	七/越公/14/亓	七/越公/17/亓	七/越公/23/亓
七/越公/31/亓	七/越公/32/亓	七/越公/32/亓	七/越公/33/亓	七/越公/38/亓
七/越公/40/亓	七/越公/41/亓	七/越公/41/亓	七/越公/45/亓	七/越公/45/亓
七/越公/46/亓	七/越公/46/其	七/越公/48/其	七/越公/51/其	七/越公/63/其

七/越公/64/亓	七/越公/66/亓	七/越公/67/亓	七/越公/73/亓	七/越公/73/亓
七/越公/73/亓	七/越公/75/亓	五/厚父/4/其	五/厚父/5/其	五/厚父/6/其
五/厚父/8/其	五/厚父/10/其	五/厚父/10/其		

偏　旁

四/筮法/37/巽	四/筮法/37/巽	四/筮法/38/巽	四/筮法/40/巽	四/筮法/40/巽
四/筮法/50/巽	四/筮法/50/巽	四/筮法/53/巽	六/鄭武/14/巽	五/湯丘/2/鑽
五/厚父/6/典	六/子儀/3/典	六/管仲/13/典	六/鄭武/2/奠	六/鄭武/5/奠
六/鄭武/11/奠	六/子產/24/奠	六/子產/25/奠	七/晉文/8/奠	四/筮法/61/忎
七/越公/42/諆	七/越公/38/諆	六/子儀/5/琴	六/子儀/7/琴	七/晉文/5/翠

七/晉文/5/弆	七/晉文/5/弆	七/晉文/6/弆	七/晉文/6/弆	七/晉文/6/弆
七/晉文/6/弆	七/晉文/6/弆	七/晉文/7/弆	七/晉文/7/弆	七/晉文/7/弆
七/晉文/7/弆				
訛　形				
五/厚父/9/斯				

　　《說文・卷五・箕部》：「[箕]，簸也。从竹；𠙵，象形；下其丌也。凡箕之屬皆从箕。[X]古文箕省。[X]亦古文箕。[X]亦古文箕。[X]籀文箕。[X]籀文箕。」《說文・卷八・丌部》：「[丌]，下基也。薦物之丌。象形。凡丌之屬皆从丌。讀若箕同。」甲骨文形體寫作：[X]（《合集》20070），[X]（《合集》29356），[X]（《合補》879）。金文形體寫作：[X]（《比盨》），[X]（《兮甲盤》），[X]（《子犯編鍾》）。「其」字當為象形字，象畚箕形。季師提出：甲骨象形字增加「丌」形為飾，戰國以後又把「丌」形分離出來，做指稱詞用，以別於「畚箕」義。〔註310〕駱珍伊學姐指出，從[X]（《弔向父簋》）和[X]（《寰簋》）兩則自行來看，現在字下增加「一」形作為薦物器，之後增加兩點，最後變成「丌」形。〔註311〕同樣的演進情況，也可以參考「奠」字的演進序列。[X]（《乙》6739），[X]（《乙》676），金文形體寫作：[X]（《召鼎》），[X]（《弔向簋》）。形體演變規律同「其」字較為

〔註310〕季師旭昇：《說文新證》，頁376。
〔註311〕駱珍伊：《〈上海博物館藏戰國楚竹書（七）～（九）〉與〈清華大學藏戰國竹簡（壹）～（叄）〉字根研究》，頁482。

相似。〔註312〕

290 甾

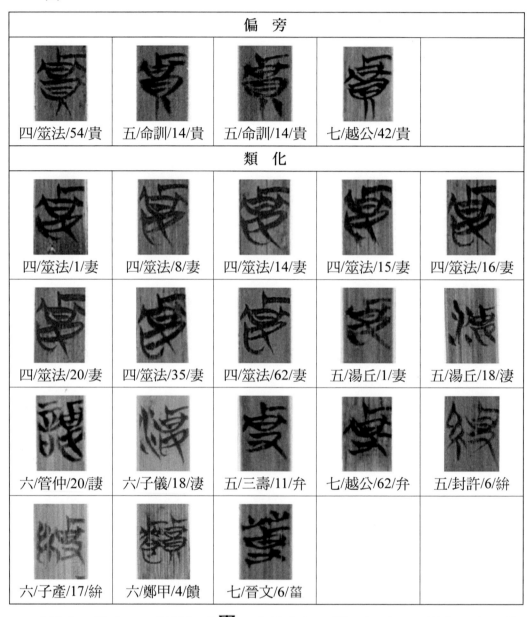

偏　旁				
四/筮法/54/貴	五/命訓/14/貴	五/命訓/14/貴	七/越公/42/貴	
類　化				
四/筮法/1/妻	四/筮法/8/妻	四/筮法/14/妻	四/筮法/15/妻	四/筮法/16/妻
四/筮法/20/妻	四/筮法/35/妻	四/筮法/62/妻	五/湯丘/1/妻	五/湯丘/18/淒
六/管仲/20/逮	六/子儀/18/淒	五/三壽/11/弁	七/越公/62/弁	五/封許/6/緋
六/子產/17/緋	六/鄭甲/4/饋	七/晉文/6/薗		

《說文‧卷十二‧甾部》：「▨，東楚名缶曰甾。象形。凡甾之屬皆从甾。▨，古文。」甲骨文形體寫作：▨（《合集》22086），▨（《合集》36348）。金文形體寫作：▨（《甾作父已觶》），▨（《訇簋》）。「甾」字形體當為象形字，象器物形體。〔註313〕

〔註312〕駱珍伊：《〈上海博物館藏戰國楚竹書（七）～（九）〉與〈清華大學藏戰國竹簡（壹）～（叁）〉字根研究》，頁452。

〔註313〕季師旭昇：《說文新證》，頁878。

291 禰

單 字				
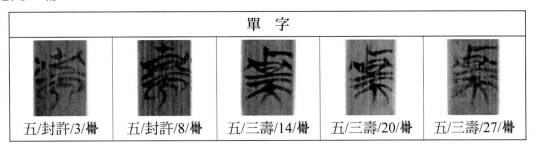				
五/封許/3/禰	五/封許/8/禰	五/三壽/14/禰	五/三壽/20/禰	五/三壽/27/禰

《說文·卷一·示部》：「禔，敬也。从示氏聲。」西周金文中的𥃦字郭沫若釋為「禰」。字形象兩「𣆶」相抵。〔註314〕其他金文形體寫作：𥃦（《者泥鐘》），𥃦（《蚩壺》）。下部的「𣆶」形逐步演變成「而」形。

292 曲

單 字				
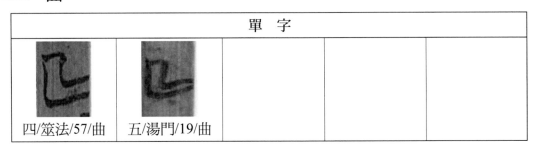				
四/筮法/57/曲	五/湯門/19/曲			

《說文·卷十二·曲部》：「𨙸，象器曲受物之形。或說曲，蠶薄也。凡曲之屬皆从曲。𨙸，古文曲。」甲骨文形體寫作：𨙸（《京都》268），𨙸（《曲父丁爵》）。季師釋形作：「似曲敧不正之農田。」〔註315〕

293 匚

偏 旁				
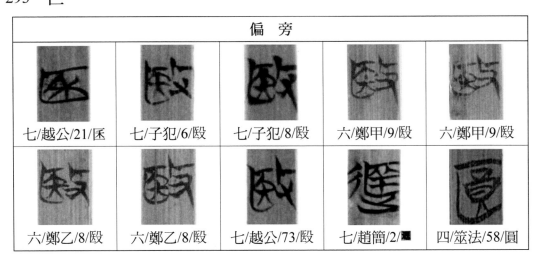				
七/越公/21/匜	七/子犯/6/毆	七/子犯/8/毆	六/鄭甲/9/毆	六/鄭甲/9/毆
六/鄭乙/8/毆	六/鄭乙/8/毆	七/越公/73/毆	七/趙簡/2/■	四/筮法/58/圓

〔註314〕郭沫若：〈由壽縣蔡器論到蔡墓的年代〉《考古學報》1956 年第 1 期，頁 17。
〔註315〕季師旭昇：《說文新證》，頁 877。

《說文・卷十二・匚部》：「匚，受物之器。象形。凡匚之屬皆从匚。讀若方。（匚）籀文匚。」甲骨文形體寫作：刀（《合集》2381），匚（《合集》32391）。金文形體寫作：匚（《乃孫作且己鼎》）。「匚」或為象形字，象受物之形。可能是「筐」之初形。

294 冊

單 字				
六/子儀/2/冊				
偏 旁				
五/厚父/6/典	六/子儀/3/典	六/管仲/13/典		

《說文・卷二・冊部》：「冊，符命也。諸侯進受於王也。象其札一長一短，中有二編之形。凡冊之屬皆从冊。冊古文冊从竹。」甲骨文形體寫作：冊（《花東》449），冊（《合集》7432），冊（《合集》7386）。金文形體寫作：冊（《作冊宅方彝》），冊（《晨簋》），冊（《師酉簋》）。「冊」為象形字，象簡冊竹書形。〔註316〕

295 扁

偏 旁				
七/越公/59/編	七/越公/59/編			

《說文・卷二・冊部》：「扁，署也。从戶、冊。戶冊者，署門戶之文也。」

〔註316〕季師旭昇：《說文新證》，頁144。

楚簡中的「扁」字劉國勝最早釋出。〔註317〕陳偉認為字形當為「編」字的初文，表示將兩「冊」進行編聯的狀態。〔註318〕

296　彔

單　字			
五/命訓/2/彔	五/命訓/8/彔		
偏　旁			
六/管仲/26/家	七/晉文/7/纕		

《說文・卷七・彔部》：「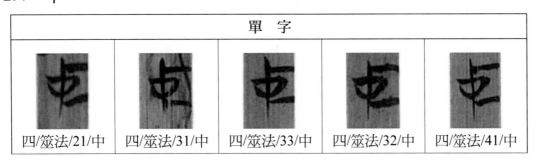，刻木彔彔也。象形。凡彔之屬皆从彔。」甲骨文形體寫作：（《合集》43），（《合集》8394）。金文形體寫作：（《宰甫卣》），（《大保簋》），（《史牆盤》）。「彔」字為象形字，象轆轤汲水器。〔註319〕「彔」字下部同「冂」與「寥」下部形體較為近似。

297　中

單　字				
四/筮法/21/中	四/筮法/31/中	四/筮法/33/中	四/筮法/32/中	四/筮法/41/中

〔註317〕劉國勝：〈郭店楚簡釋字八則〉《武漢大學學報（哲學社會科學版）》1999年5期，頁42～44。

〔註318〕陳偉：〈《大常》校釋〉《郭店竹書別釋》（武漢：湖北教育出版社，2002年12月），頁132。

〔註319〕季師旭昇：《說文新證》，頁571。

四/筮法/43/中	四/別卦/8/中	五/命訓/12/忠	五/命訓/12/忠	五/命訓/15/中
五/命訓/15/中	六/鄭武/4/中	六/鄭武/6/中	六/鄭武/14/中	六/鄭武/17/中
六/鄭甲/12/中	六/鄭乙/11/中	六/子產/21/中	六/管仲/1/中	六/管仲/1/中
六/管仲/1/中	六/管仲/2/中	六/管仲/2/中	六/管仲/3/中	六/管仲/3/中
六/管仲/3/中	六/管仲/3/中	六/管仲/5/中	六/管仲/6/中	六/管仲/6/中
六/管仲/7/中	六/管仲/7/中	六/管仲/7/中	六/管仲/8/中	六/管仲/8/中
六/管仲/10/中	六/管仲/11/中	六/管仲/11/中	六/管仲/12/中	六/管仲/14/中
六/管仲/14/中	六/管仲/14/中	六/管仲/16/中	六/管仲/16/中	六/管仲/17/中

六/管仲/20/中	六/管仲/20/中	六/管仲/21/中	六/管仲/24/中	六/管仲/24/中
六/管仲/24/中	六/管仲/27/中	六/管仲/28/中	六/管仲/30/中	七/子犯/3/中
七/晉文/7/中	七/趙簡/8/中	七/趙簡/9/中	七/趙簡/10/中	七/趙簡/10/中
七/越公/12/中	七/越公/14/中	七/越公/63/中	七/越公/64/中	七/越公/65/中
七/越公/65/中	七/越公/66/中			
偏　旁				
五/三壽/4/申	五/三壽/4/申	五/三壽/16/申	五/三壽/28/申	六/子產/4/申
五/命訓/4/忠	五/命訓/10/忠	五/命訓/12/忠	五/命訓/15/忠	

《說文・卷一・丨部》：「中，內也。从口。丨，上下通。中 古文中。中 籀文中。」甲骨文形體作：中（《合集》20587），（《合集》5807），（《合集》19439），（《合集》5574）。金文形體寫作：（《伯中父簋》），（《中

鼎》），（《王臣簋》）。「中」字為象形字，是一種戰爭及訓練工具，平日用以集合大眾，戰時用以集合軍士，還可以測日影，風向。〔註320〕

298 㫃

偏　旁				
四/別卦/7/遬	四/筮法/35/遬	四/筮法/39/遬	四/筮法/11/斾	四/筮法/14/斾
四/筮法/27/𣃘	四/筮法/39/𣃘	四/筮法/40/𣃘	四/筮法/40/𣃘	四/筮法/40/𣃘
四/筮法/43/𣃘	四/筮法/43/𣃘	五/封許/3/𣃘	六/子產/22/𣃘	六/子儀/14/譠
六/子儀/17/遊	七/越公/27/遊	七/越公/30/遊	五/封許/6/斿	五/封許/7/斿
同　形				
四/筮法/41/前	四/筮法/41/前	四/筮法/41/前	六/鄭武/9/前	

《說文・卷七・㫃部》：「，旌旗之遊，㫃蹇之皃。从中，曲而下，垂㫃相出入也。讀若偃。古人名㫃，字子游。凡㫃人之屬皆从㫃。，古文㫃字。象形。及象旌旗之遊。」卜（《合集》4934），卜（《合集》27352）。金文形體寫作：（《乃孫罍》），（《走馬休盤》）。「㫃」字為象形字，象游旗形。〔註321〕

〔註320〕季師旭昇：《說文新證》，頁 62。
〔註321〕季師旭昇：《說文新證》，頁 542。

299 工

單 字				
五/厚父/8/工	六/子儀/15/工	七/越公/28/工	七/越公/28/工	七/越公/30/工
七/越公/56/工				
偏 旁				
七/越公/23/江	七/越公/63/江	七/越公/63/江	七/越公/64/江	七/越公/64/江
七/越公/65/江	七/越公/65/江	七/越公/66/江	五/命訓/4/恧	五/命訓/5/恧
六/鄭武/16/恧	六/管仲/20/恧	六/子儀/1/恧	七/越公/22/恧	五/三壽/14/𢳂
六/鄭乙/9/𢳂	七/越公/26/𢳂	七/越公/28/𢳂	五/命訓/6/攻	五/命訓/14/攻
七/越公/50/政	七/越公/67/政	七/越公/27/攻	七/越公/67/攻	七/越公/50/左

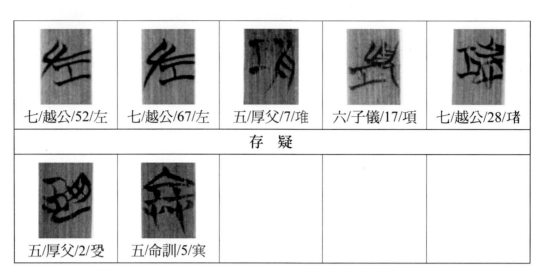

七/越公/52/左	七/越公/67/左	五/厚父/7/堆	六/子儀/17/項	七/越公/28/𧪜
存　疑				
五/厚父/2/夐	五/命訓/5/寅			

　　《說文・卷五・工部》：「工，巧飾也。象人有規榘也。與巫同意。凡工之屬皆从工。𢒄，古文工从彡。」甲骨文形體寫作：（《合集》21443），（《合集》18），（《合集》36489），（《合集》29686）。金文形體寫作：（《矢令方彝》），（《工臣簠》），（《工衛爵》）。「工」為某種工具，某種有刃的工具，上部可能有矩的功能。〔註322〕

300　巨

單　字				
五/封許/5/巨				
偏　旁				
六/鄭甲/11/佢	六/鄭乙/10/佢			

　　《說文・卷五・工部》：「巨，規巨也。从工，象手持之。榘巨或从木、矢。矢者，其中正也。𢀓古文巨。」金文形體寫作：（《伯矩盉》），（《伯矩盤》），（《衛盉》），（《酈侯簠》）。高鴻縉謂：「工與巨一字，工象榘形，為最初文。自借為職工百工之工，乃加畫人形以持之，作巨。後所加之人形變

〔註322〕季師旭昇：《說文新證》，頁382。

為夫，變為矢，流而為矩，省而為巨。後巨又借為鉅細之巨，矩復加木旁作榘，而工與巨復因形歧而變其音。」〔註323〕

301　氐

單　字				
六/子儀/13/氐	六/管仲/30/氐			
偏　旁				
六/管仲/26/昏	六/鄭武/7/昏	五/三壽/26/昏	七/越公/64/昏	五/三壽/10/緡
四/筮法/13/䲴	五/湯丘/15/䲴	六/鄭武/3/䲴	六/鄭武/10/䲴	六/鄭甲/1/䲴
六/鄭甲/12/䲴	六/鄭甲/13/䲴	六/鄭甲/13/䲴	六/鄭乙/1/䲴	六/鄭乙/11/䲴
六/鄭乙/11/䲴	六/鄭乙/12/䲴	七/趙簡/5/䲴	七/趙簡/5/䲴	七/子犯/13/䲴
七/子犯/13/䲴	七/子犯/13/䲴	七/子犯/14/䲴	七/子犯/15/䲴	四/筮法/13/䲴

〔註323〕高鴻縉：《中國字例》，頁 194～195。

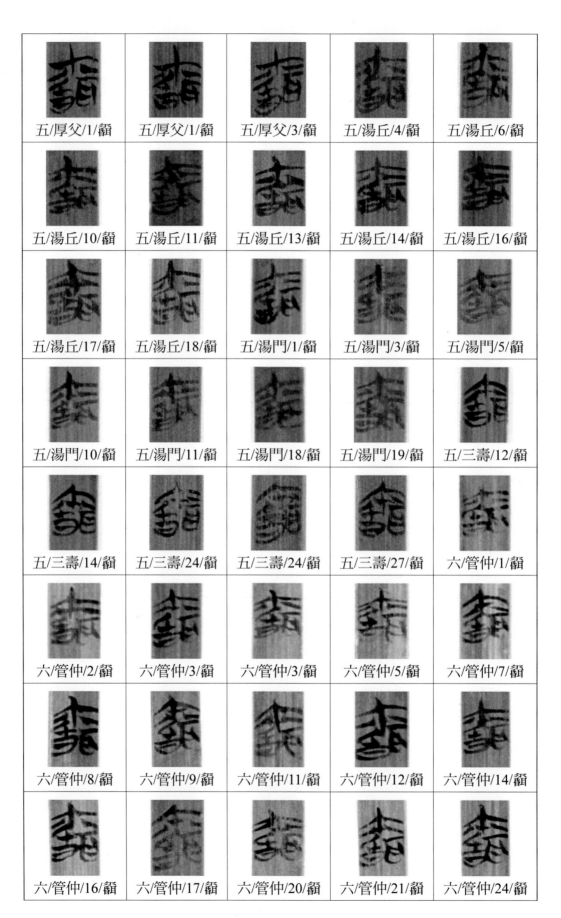

五/厚父/1/籲	五/厚父/1/籲	五/厚父/3/籲	五/湯丘/4/籲	五/湯丘/6/籲
五/湯丘/10/籲	五/湯丘/11/籲	五/湯丘/13/籲	五/湯丘/14/籲	五/湯丘/16/籲
五/湯丘/17/籲	五/湯丘/18/籲	五/湯門/1/籲	五/湯門/3/籲	五/湯門/5/籲
五/湯門/10/籲	五/湯門/11/籲	五/湯門/18/籲	五/湯門/19/籲	五/三壽/12/籲
五/三壽/14/籲	五/三壽/24/籲	五/三壽/24/籲	五/三壽/27/籲	六/管仲/1/籲
六/管仲/2/籲	六/管仲/3/籲	六/管仲/3/籲	六/管仲/5/籲	六/管仲/7/籲
六/管仲/8/籲	六/管仲/9/籲	六/管仲/11/籲	六/管仲/12/籲	六/管仲/14/籲
六/管仲/16/籲	六/管仲/17/籲	六/管仲/20/籲	六/管仲/21/籲	六/管仲/24/籲

六/管仲/24/顑	六/管仲/27/顑	七/趙簡/6/顑	七/趙簡/6/顑	七/趙簡/7/顑
七/子犯/1/顑	七/子犯/3/顑	七/子犯/7/顑	七/子犯/9/顑	七/子犯/9/顑
七/子犯/10/顑	七/子犯/10/顑	七/子犯/11/顑	七/晉文/1/晁	七/晉文/2/晁
六/子儀/13/縉				

　　《說文·卷十二·氏部》：「⬚，巴蜀山名岸脅之旁箸欲落墮者曰氏，氏崩，聞數百里。象形，乁聲。凡氏之屬皆从氏。楊雄賦：響若氏隤。」甲骨文形體寫作：⟋（《西周》H11:4），⟋（《後》2.21.6）。金文形體寫作：⟋（《令鼎》），⟋（《散盤》）。季師認為「氏」字為象形字，象槌狀物。〔註324〕

302　玕

單　字				
六/子儀/6/玕				

〔註324〕季師旭昇：《說文新證》，頁860。

偏　旁				
五/封許/6/筓	六/子儀/16/屏	六/子儀/16/𣦵		

《說文・卷十四・幵部》：「幵，平也。象二干對構，上平也。凡幵之屬皆從幵。徐鉉曰：『幵但象物平，無音義也。』」甲骨文中有 𠦪（《甲骨文編》869）字，裘錫圭釋為「妍」字的初文，其上所插裝飾即「筓」。〔註325〕

303　冂

偏　旁				
五/厚父/2/帝	五/厚父/3/帝	五/厚父/5/帝	五/厚父/7/帝	五/湯門/1/啻
五/湯門/1/啻	五/湯門/21/帝	五/厚父/5/亂	六/子產/18/亂	六/趙簡/9/亂
七/越公/62/亂	七/越公/67/亂			

《說文・卷五・冂部》：「冂，邑外謂之郊，郊外謂之野，野外謂之林，林外謂之冂。象遠界也。凡冂之屬皆從冂。囘，古文冂從口，象國邑。坰，冂或從士（當作土）。」甲骨文形體寫作：𠃍（《合集》20021）。金文形體寫作：𠃍（《令簋》）。季師謂字為象形字，象置物之支架。〔註326〕

〔註325〕裘錫圭：〈史墻盤銘解釋〉《裘錫圭學術文集（卷三）》，頁7。
〔註326〕季師旭昇：《說文新證》，頁449。

304　升

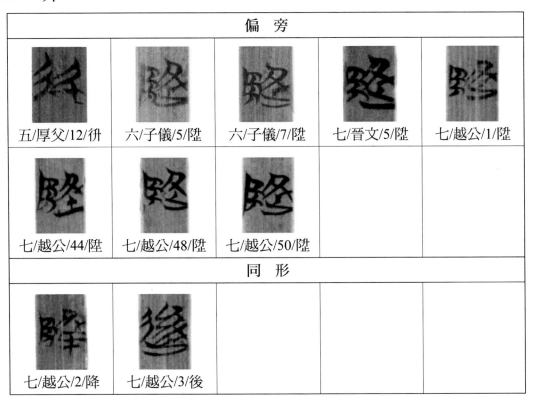

偏　旁				
五/厚父/12/卅	六/子儀/5/陞	六/子儀/7/陞	七/晉文/5/陞	七/越公/1/陞
七/越公/44/陞	七/越公/48/陞	七/越公/50/陞		
同　形				
七/越公/2/降	七/越公/3/後			

　　《說文・卷十四・升部》：「[象]，十龠也。从斗，亦象形。」甲骨文形體寫作：[象]（《合集》21146），[象]（《合集》30334），[象]（《合集》30466）。金文形體寫作：[象]（《友鼎》），[象]（《秦公簋》）。高鴻縉：「依『斗』畫其已挹取有物而升上傾注之形，由文『斗』生意，故託以寄升之意。」〔註327〕

305　斗

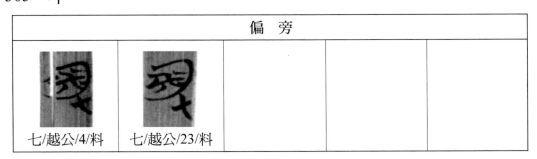

偏　旁			
七/越公/4/料	七/越公/23/料		

　　《說文・卷十四・斗部》：「[象]，十升也。象形，有柄。凡斗之屬皆从斗。」甲骨文形體寫作：[象]（《合集》21348），[象]（《合集》21347）。金文形體寫作：[象]（《秦公簋》），[象]（《平宮鼎》）。「斗」當為象形字。象挹水酒的勺，後引申為

〔註327〕高鴻縉：《中國字例》，頁 309。

計量單位。〔註328〕

306 丵

偏　旁				
四/別卦/2/僕	五/湯丘/4/僕	六/管仲/15/僕	六/管仲/15/僕	六/管仲/16/僕
七/晉文/8/僕	七/子犯/8/僕	七/越公/22/僕		
省　體				
六/子儀/10/遷	七/越公/31/叢			
存　疑				
七/晉文/1/叢				

　　《說文・卷三・丵部》:「〔丵〕,叢生艸也。象丵嶽相竝出也。凡丵之屬皆
從丵。讀若浞。」甲骨文並無「丵」字單字,從「丵」的「對」字形體寫作:
〔图〕(《合集》18755),〔图〕(《合集》4529)。金文形體寫作:〔图〕(《令鼎》),〔图〕
(《大簋》)。陳昭容認為,丵與辛同為鑿具,但「辛」字多用為名詞,「丵」
字則多與手形結合成「丵」,作為鑿擊義之動詞。〔註329〕

〔註328〕季師旭昇:《說文新證》,頁 936。
〔註329〕陳昭容:〈釋古文字中的丵及从丵諸字〉《中國文字(新 22 期)》,頁 121~148。

三十八、絲　類

307　幺

偏　旁				
五/厚父/2/茲	五/厚父/8/茲	六/子儀/9/茲	六/子產/16/幺	六/鄭甲/12/茲
六/鄭乙/10/茲	七/越公/5/茲	七/越公/7/茲	七/越公/16/茲	七/越公/20/茲
七/越公/28/茲	七/越公/57/茲	四/筮法/43/窈	五/湯丘/1/䜌	六/子儀/8/䜌
七/越公/5/䜌	七/越公/7/䜌	七/越公/60/䜌	七/越公/70/䜌	七/越公/5/屬
七/越公/7/屬	六/鄭乙/1/幽	六/鄭乙/9/幽	七/子犯/15/幽	七/越公/17/齒
七/越公/28/溜	七/越公/30/溜	六/管仲/23/學	六/管仲/23/學	六/管仲/29/學
六/鄭甲/1/學	六/鄭甲/10/學	六/子儀/1/勴	七/越公/53/窬	七/越公/54/窬

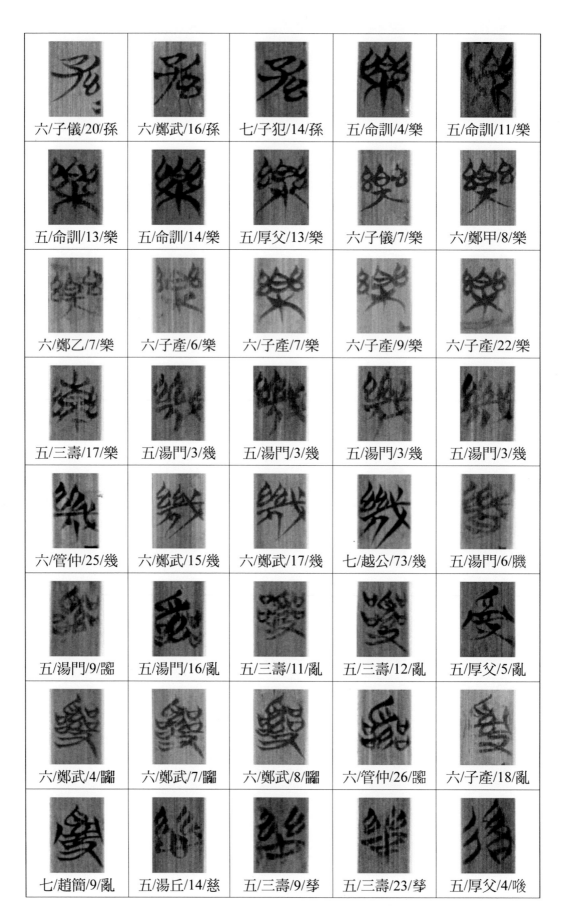

六/子儀/20/孫	六/鄭武/16/孫	七/子犯/14/孫	五/命訓/4/樂	五/命訓/11/樂
五/命訓/13/樂	五/命訓/14/樂	五/厚父/13/樂	六/子儀/7/樂	六/鄭甲/8/樂
六/鄭乙/7/樂	六/子產/6/樂	六/子產/7/樂	六/子產/9/樂	六/子產/22/樂
五/三壽/17/樂	五/湯門/3/幾	五/湯門/3/幾	五/湯門/3/幾	五/湯門/3/幾
六/管仲/25/幾	六/鄭武/15/幾	六/鄭武/17/幾	七/越公/73/幾	五/湯門/6/朕
五/湯門/9/龖	五/湯門/16/亂	五/三壽/11/亂	五/三壽/12/亂	五/厚父/5/亂
六/鄭武/4/龖	六/鄭武/7/龖	六/鄭武/8/龖	六/管仲/26/龖	六/子產/18/亂
七/趙簡/9/亂	五/湯丘/14/慈	五/三壽/9/孳	五/三壽/23/孳	五/厚父/4/唆

五/三壽/8/後	五/三壽/26/後	六/鄭甲/6/後	六/管仲/25/後	七/子犯/12/後
七/越公/3/後	七/越公/56/後	七/越公/56/後	七/越公/57/後	七/越公/74/後
七/越公/6/衙	七/越公/19/衙	五/封許/6/竛	七/越公/56/竛	五/湯丘/15/䜌
六/管仲/10/慎	六/鄭武/17/畜	六/管仲/11/縣		

《說文‧卷四‧幺部》：「　，小也。象子初生之形。凡幺之屬皆从幺。」甲骨文形體寫作：　（《粹》816）。金文形體寫作：　（《父癸爵》），　（《吳方彝》）。何琳儀：「象絲束之形。引申為微小幽遠。」〔註330〕

308　糸

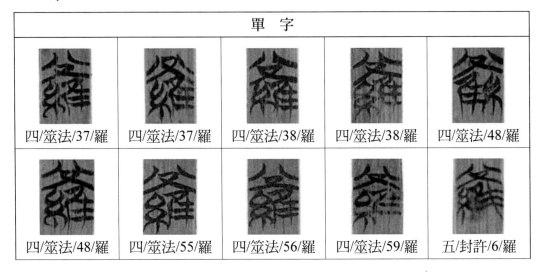

單　字				
四/筮法/37/羅	四/筮法/37/羅	四/筮法/38/羅	四/筮法/38/羅	四/筮法/48/羅
四/筮法/48/羅	四/筮法/55/羅	四/筮法/56/羅	四/筮法/59/羅	五/封許/6/羅

〔註330〕何琳儀：《戰國古文字典》，頁1108。

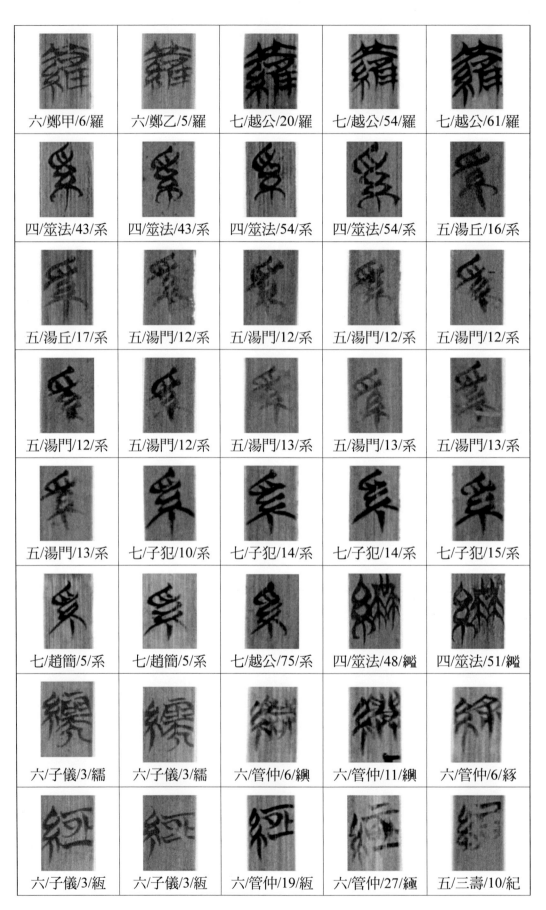

六/鄭甲/6/羅	六/鄭乙/5/羅	七/越公/20/羅	七/越公/54/羅	七/越公/61/羅
四/筮法/43/系	四/筮法/43/系	四/筮法/54/系	四/筮法/54/系	五/湯丘/16/系
五/湯丘/17/系	五/湯門/12/系	五/湯門/12/系	五/湯門/12/系	五/湯門/12/系
五/湯門/12/系	五/湯門/12/系	五/湯門/13/系	五/湯門/13/系	五/湯門/13/系
五/湯門/13/系	七/子犯/10/系	七/子犯/14/系	七/子犯/14/系	七/子犯/15/系
七/趙簡/5/系	七/趙簡/5/系	七/越公/75/系	四/筮法/48/縊	四/筮法/51/縊
六/子儀/3/繻	六/子儀/3/繻	六/管仲/6/纁	六/管仲/11/纁	六/管仲/6/綴
六/子儀/3/絪	六/子儀/3/絪	六/管仲/19/絪	六/管仲/27/緪	五/三壽/10/紀

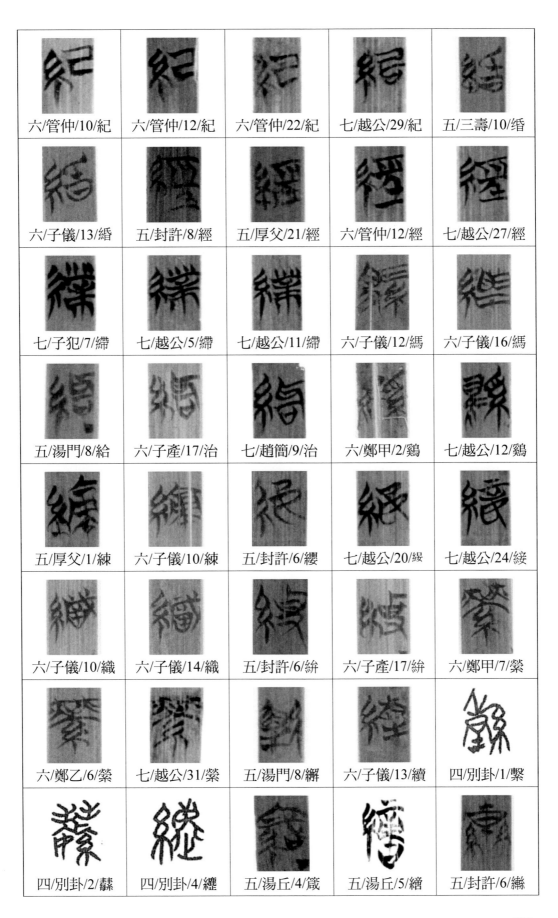

六/管仲/10/紀	六/管仲/12/紀	六/管仲/22/紀	七/越公/29/紀	五/三壽/10/縉
六/子儀/13/縉	五/封許/8/經	五/厚父/21/經	六/管仲/12/經	七/越公/27/經
七/子犯/7/繻	七/越公/5/繻	七/越公/11/繻	六/子儀/12/馮	六/子儀/16/馮
五/湯門/8/給	六/子產/17/治	七/趙簡/9/治	六/鄭甲/2/鷄	七/越公/12/鷄
五/厚父/1/練	六/子儀/10/練	五/封許/6/纓	七/越公/20/綏	七/越公/24/綏
六/子儀/10/織	六/子儀/14/織	五/封許/6/絑	六/子產/17/絑	六/鄭甲/7/縈
六/鄭乙/6/縈	七/越公/31/縈	五/湯門/8/繼	六/子儀/13/續	四/別卦/1/繫
四/別卦/2/囍	四/別卦/4/纏	五/湯丘/4/箴	五/湯丘/5/繪	五/封許/6/繖

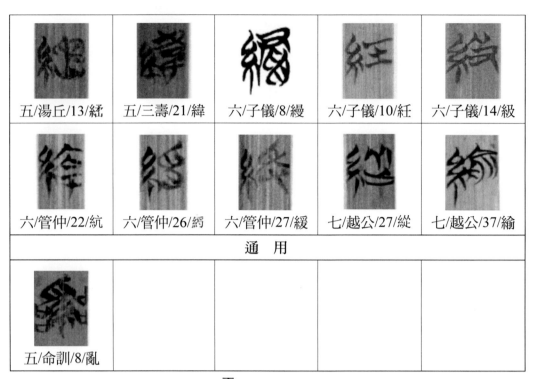

五/湯丘/13/絓	五/三壽/21/緯	六/子儀/8/縵	六/子儀/10/紅	六/子儀/14/級
六/管仲/22/統	六/管仲/26/綯	六/管仲/27/緩	七/越公/27/縱	七/越公/37/繪
通　用				
五/命訓/8/亂				

《說文・卷十三・糸部》：「，細絲也。象束絲之形。凡糸之屬皆从糸。讀若覛。 古文糸。」甲骨文形體寫作： （《乙》124）， （《京津》4487）。金文形體寫作： （《虢季子白盤》）， （《毛公層鼎》）。糸字為象形字，象束絲之形。

309 㴔

單　字				
五/厚父/10/㴔	六/子儀/13/㴔			
偏　旁				
五/湯門/8/灓				

《說文・卷十一・水部》：「，幽溼也。从水；一，所以覆也，覆而有土，故溼也。㴔省聲。（失入切）」金文「㴔」字寫作： （《伯姜鼎》），

（《史懋簋》）。季師釋形作：「（丝）從聯絲攤在架上，也許就是潮溼之溼的最初文。」〔註331〕

310　素

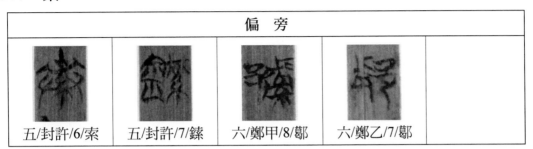

偏　旁				
五/封許/6/索	五/封許/7/鎍	六/鄭甲/8/鄝	六/鄭乙/7/鄝	

《說文・卷十三・素部》：「[素]，白緻繒也。從糸、𠂹，取其澤也。凡素之屬皆從素。」甲骨文並無獨體的「素」字的單字，從「素」的「絕」字寫作：[字]（《前》2.8.7）。金文的「索」字寫作：[字]（《師克盨》）。「素」字象絲在 𠃌（架）上之形，表示未經過加工處理的絲。〔註332〕

311　冬

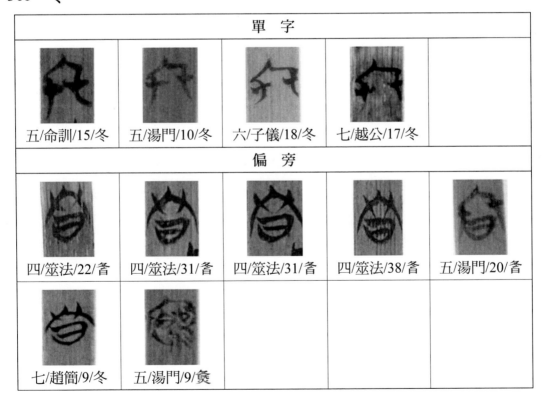

單　字				
五/命訓/15/冬	五/湯門/10/冬	六/子儀/18/冬	七/越公/17/冬	
偏　旁				
四/筮法/22/昝	四/筮法/31/昝	四/筮法/31/昝	四/筮法/38/昝	五/湯門/20/昝
七/趙簡/9/冬	五/湯門/9/戈			

〔註331〕季師旭昇：《說文新證》，頁798。
〔註332〕季師旭昇：《說文新證》，頁892。

《說文・卷十一・仌部》：「，四時盡也。从仌从夊。夊，古文終字。，古文冬從日。」甲骨文形態寫作：∧（《乙》368）、∂（《菁》2.1），西周金文作：∧（《井侯簋》），∩（《頌鼎》）。高鴻縉謂「象繩端終結之形。（或即結繩之遺。）故託以寄終結之意。」〔註333〕姚孝遂謂：「象綟絲之器，假作終極之義。」〔註334〕

312 衣

單 字				
五/三壽/17/衣	六/子產/7/衣	六/子產/23/衣	七/子犯/7/衣	七/趙簡/10/衣
偏 旁				
五/三壽/18/袞	五/命訓/11/哀	五/命訓/13/哀	五/命訓/14/哀	六/子產/7/裳
六/子產/23/裳	七/趙簡/9/裳	五/三壽/17/裏	六/子產/20/裏	六/子儀/17/裕
六/子產/25/裕	五/湯門/8/裔	六/鄭甲/4/裔	六/鄭甲/5/裔	六/子儀/10/勮
四/筮法/37/勞	四/筮法/37/勞	四/筮法/38/勞	四/筮法/47/勞	四/筮法/54/勞

〔註333〕高鴻縉：《中國字例》，頁235。
〔註334〕姚孝遂、肖丁：《小屯南地甲骨考釋》，頁135。

四/筮法/56/勞	四/筮法/59/勞	四/筮法/47/勞	五/三壽/28/勞	六/子產/16/勞
七/越公/27/袞	六/鄭甲/5/闌	六/鄭甲/6/闌	七/越公/26/闌	七/越公/68/闌
五/湯丘/11/袞	五/湯門/7/裏	七/子犯/13/裏	七/晉文/1/褍	六/子儀/5/裞
七/越公/3/被	四/筮法/58/環	五/三壽/14/還	七/子犯/7/還	七/越公/18/還
七/越公/25/還	七/越公/35/還	七/越公/44/還	七/越公/52/還	五/湯丘/17/遠
五/湯丘/18/遠	五/三壽/18/遠	六/子儀/6/遠	六/子儀/8/遠	六/子儀/11/遠
六/管仲/7/遠	七/子犯/12/遠	七/越公/12/遠	七/越公/12/遠	七/晉文/7/遠
七/越公/35/遠	七/越公/44/遠			

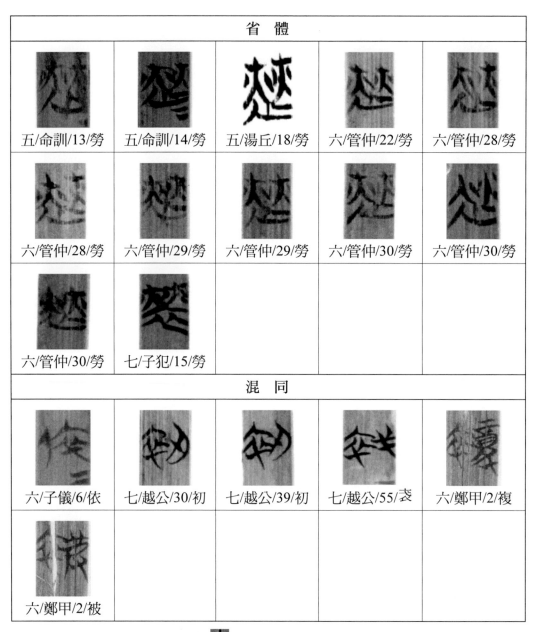

省　體				
五/命訓/13/勞	五/命訓/14/勞	五/湯丘/18/勞	六/管仲/22/勞	六/管仲/28/勞
六/管仲/28/勞	六/管仲/29/勞	六/管仲/29/勞	六/管仲/30/勞	六/管仲/30/勞
六/管仲/30/勞	七/子犯/15/勞			
混　同				
六/子儀/6/依	七/越公/30/初	七/越公/39/初	七/越公/55/衰	六/鄭甲/2/複
六/鄭甲/2/被				

　　《說文・卷八・衣部》：「⟨图⟩，依也。上曰衣，下曰裳。象覆二人之形。凡衣之屬皆从衣。」甲骨文形體寫作：⟨图⟩（《合集》35428），⟨图⟩（《合集》37543）。金文形體寫作：⟨图⟩（《大盂鼎》），⟨图⟩（《豆閉簋》），⟨图⟩（《麥方尊》）。「衣」字為象形字，羅振玉謂：「象襟衽左右掩蓋之形。」〔註335〕

〔註335〕羅振玉：《殷墟書契考釋（中）》，頁42。

313　卒

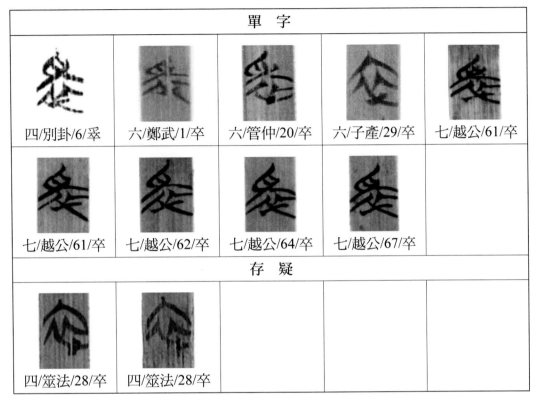

單 字				
四/別卦/6/崒	六/鄭武/1/卒	六/管仲/20/卒	六/子產/29/卒	七/越公/61/卒
七/越公/61/卒	七/越公/62/卒	七/越公/64/卒	七/越公/67/卒	
存 疑				
四/筮法/28/卒	四/筮法/28/卒			

　　《說文・卷八・衣部》:「 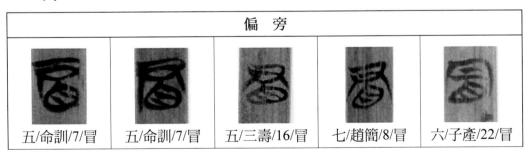 ，隸人給事者衣為卒。卒，衣有題識者。」甲骨文形體寫作:　（《合集》22659），　（《合集》37556），　（《合集》1210）。金文「卒」形寫作:　（《郘公典盤》）。季師釋形作:「（『卒』）在衣形中打叉，以示衣服縫製完畢，交叉線象徵所縫的線。末筆帶勾，可能表示衣服已經縫製完畢，可以折疊起來。」〔註336〕

314　冒

偏 旁				
五/命訓/7/冒	五/命訓/7/冒	五/三壽/16/冒	七/趙簡/8/冒	六/子產/22/冒

〔註336〕季師旭昇:《說文新證》，頁667。

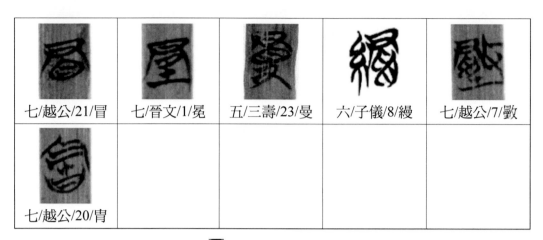

七/越公/21/冒	七/晉文/1/冕	五/三壽/23/曼	六/子儀/8/縵	七/越公/7/斁
七/越公/20/冐				

　　《說文・卷七・冃部》：「█，小兒蠻夷頭衣也。从冂；二，其飾也。凡冃之屬皆从冃。」甲骨文有█字，于省吾認為是上以羊角為飾的帽子。金文亦無「冃」字單字，從「冃」字「曼」字寫作：█（《自為曼仲簠》）。「冃」字為象形字，象頭衣。〔註337〕

315　冕

偏　旁				
六/子產/1/勉	六/子產/17/勉			

　　《說文・卷七・冃部》：「█，大夫以上冠也。邃延、垂瓈、紞纊。从冃免聲。古者黃帝初作冕。█冕或从系。」甲骨文形體寫作：█（《合集》33069）。金文形體寫作：█（《免瓤》），█（《免卣》），█（《免盤》）。季師釋形：「冕」字當為會意兼形聲。字從人，上部為「冕」形，亦聲。〔註338〕

316　市

單　字				
五/命訓/7/市	五/命訓/7/市			

〔註337〕季師旭昇：《說文新證》，頁615。
〔註338〕季師旭昇：《說文新證》，頁640。

偏　旁				
七/子犯/7/常	七/越公/8/鼎			

　　《說文・卷七・市部》：「市，韠也。上古衣蔽前而已，市以象之。天子朱市，諸矦赤市，大夫葱衡。从巾，象連帶之形。凡市之屬皆从市。𩊚篆文市从韋从犮。」甲骨文未見「市」字形體，金文「市」字寫作：市（《盂鼎》），市（《休盤》），市（《毛公厝鼎》）。唐蘭謂：「『韍衡』是西周時代貴族的命服。『韍』是皮製的蔽膝，『衡』可以是革帶，也可以是絲或麻織的帶。『衡』是繫『韍』的，但也可以佩容刀和玉環，插玉笏。春秋時『韍』改稱『韨』，『衡』改稱『帶』。」〔註339〕

317　㡀

偏　旁				
六/管仲/26/敝	七/越公/71/敝	七/子犯/4/諭		
合　文				
七/越公/4/敝邑				

　　《說文・卷七・㡀部》：「㡀，敗衣也。从巾，象衣敗之形。凡㡀之屬皆从㡀。」甲骨文、金文未見「㡀」字的單體字，常見「敝」字。甲骨文形體寫作：㡀（《合集》11446），敝（《屯南》3608）。金文形體寫作：敝（《散氏盤》）。季師釋「敝」字形體作：「『敝』字從巾，小點象撒巾時灰塵揚起狀。就撒則敝，

〔註339〕唐蘭〈毛公鼎朱韍蔥玉衡玉瑬新解──駁漢人蔥衍佩玉說〉《唐蘭先生金文論集》，頁92。

因而有敗衣之義。」〔註340〕戰國文字「㪻」字所從小點變成米形。

318 帶

偏 旁				
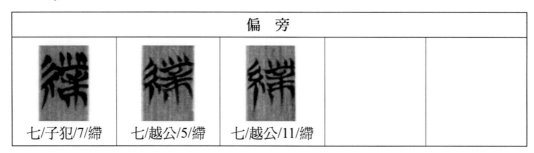				
七/子犯/7/繀	七/越公/5/繻	七/越公/11/繻		

《說文・卷七・巾部》：「帶，紳也。男子鞶帶，婦人帶絲。象繫佩之形。佩必有巾，从巾。」甲骨文形體寫作：（《合集》13935），（《花東》451）（《合集》35242）。金文形體寫作：（《大保戈》），（《子犯編鐘》）。「帶」字為象形字，甲骨文字形體象紳之形。〔註341〕

319 巠

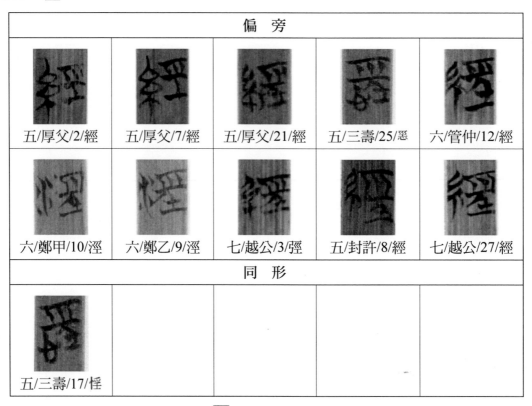

偏 旁				
五/厚父/2/經	五/厚父/7/經	五/厚父/21/經	五/三壽/25/惡	六/管仲/12/經
六/鄭甲/10/涇	六/鄭乙/9/涇	七/越公/3/弪	五/封許/8/經	七/越公/27/經
同 形				
五/三壽/17/悝				

《說文・卷十一・川部》：「巠，水脈也。从川在一下。一，地也。壬省聲。

〔註340〕季師旭昇：《說文新證》，頁 627。
〔註341〕季師旭昇：《說文新證》，頁 622。

一曰水冥㔌也。　古文㔌不省。」金文形體寫作：　（《大盂鼎》），　（《大克鼎》），　（《毛公鼎》），　（《師克盨》）。「㔌」字為合體象形字，象織布的經綫。〔註342〕

320　叀

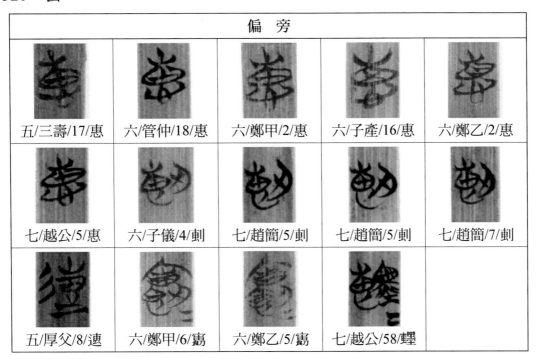

偏　旁				
五/三壽/17/惠	六/管仲/18/惠	六/鄭甲/2/惠	六/子產/16/惠	六/鄭乙/2/惠
七/越公/5/惠	六/子儀/4/剚	七/趙簡/5/剚	七/趙簡/5/剚	七/趙簡/7/剚
五/厚父/8/遾	六/鄭甲/6/𤳫	六/鄭乙/5/𤳫	七/越公/58/𤬓	

《說文・卷四・叀部》：「　，專小謹也。从幺省；中，財見也；中亦聲。凡叀之屬皆从叀。　，古文叀。　，亦古文叀。」甲骨文形體寫作：　（《合集》20401），　（《合補》1260），　（《合集》26899）。金文形體寫作：　（《史牆盤》），　（《蔡姞簋》）。孫海波釋形作：「象紡錘之形。……紡專為收絲之器，其形圓可以團轉。」〔註343〕

321　紳

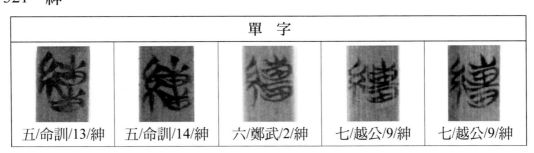

單　字				
五/命訓/13/紳	五/命訓/14/紳	六/鄭武/2/紳	七/越公/9/紳	七/越公/9/紳

〔註342〕季師旭昇：《說文新證》，頁804。
〔註343〕孫海波：《甲骨文錄》，頁27。

七/越公/14/紳				
省　體				
六/子產/2/紳				

　　《說文‧卷十三‧糸部》：「（字），大帶也。从糸申聲。」甲骨文形體寫作：（字）（《乙編》77），（字）（《英藏》2415）。金文形體寫作：（字）（《毛公鼎》），（字）（《伊簋》）。字形本意為「重重約束」，對甲骨、金文字形季師釋形作：「本義有重重約束之義，後世承『重』義者為『縄』，承約束、大帶義者為『紳』，二字同源分化。」〔註344〕

322　因

單　字				
六/鄭武/3/因	六/子產/14/因	七/晉文/7/因	七/越公/27/因	七/越公/68/因

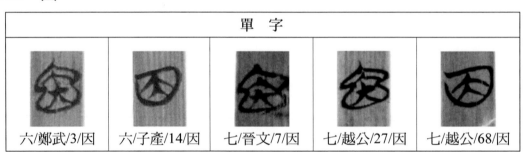

　　《說文‧卷六‧囗部》：「就也。从囗、大。」甲骨文形體寫作：（字）（《合集》5651），（字）（《合集》12359）。金文形體寫作：（字）（《蠆簋》），（字）（《陳侯因資敦》）。季師釋形作：「甲骨文『因』字從人在衣中，因而有『就也』的意思。」〔註345〕

〔註344〕季師旭昇：《說文新證》，頁890。
〔註345〕季師旭昇：《說文新證》，頁519。

三十九、囊　類

323　東

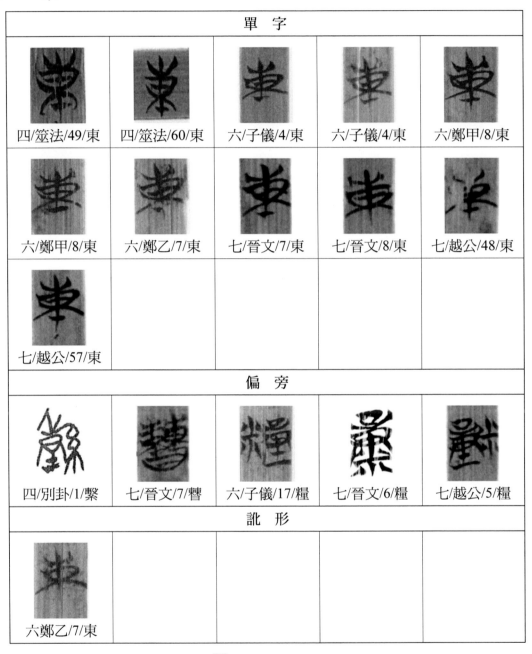

單　字				
四/筮法/49/東	四/筮法/60/東	六/子儀/4/東	六/子儀/4/東	六/鄭甲/8/東
六/鄭甲/8/東	六/鄭乙/7/東	七/晉文/7/東	七/晉文/8/東	七/越公/48/東
七/越公/57/東				
偏　旁				
四/別卦/1/繫	七/晉文/7/轡	六/子儀/17/糧	七/晉文/6/糧	七/越公/5/糧
訛　形				
六鄭乙/7/東				

《說文・卷六・東部》：「，動也。从木。官溥說：从日在木中。凡東之屬皆从東。」甲骨文作：（《合集》21085），（《合集》6906）。金文：（《明公簋》）。林義光認為甲骨文「東」、「束」同字，「東」亦當為借字。〔註346〕

〔註346〕林義光：《文源》，頁277。

徐中舒謂：「象橐中實物以繩約括兩端之形，為橐之初文。甲骨文金文俱為東方之東」〔註347〕季師認為，「東」、「朿」古音較近，「東」當為假借分化增體指示字。〔註348〕

324 柬

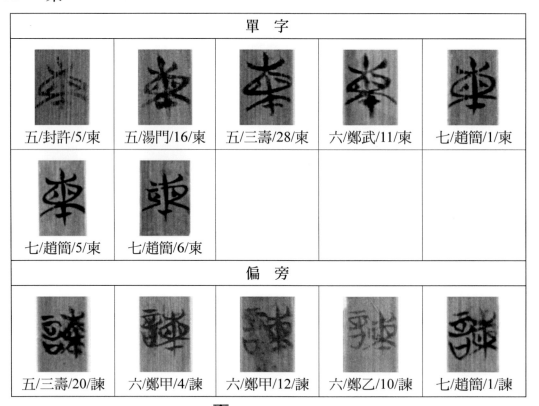

單　字				
五/封許/5/柬	五/湯門/16/柬	五/三壽/28/柬	六/鄭武/11/柬	七/趙簡/1/柬
七/趙簡/5/柬	七/趙簡/6/柬			
偏　旁				
五/三壽/20/諫	六/鄭甲/4/諫	六/鄭甲/12/諫	六/鄭乙/10/諫	七/趙簡/1/諫

　　《說文・卷六・束部》：「[字]，分別簡之也。从束从八。八，分別也。」甲骨文未見「柬」字，「柬」字形體最早見於西周早期《新邑鼎》：[字]。另見[字]（《匍盉》），[字]（《番生簋》）。林義光認為：「柬，束也，與束義同音異。束本義為束……從束，注二點以別於束，亦省作柬。」季師：「柬與束當有不同，束唯有約束義；柬則有柬擇然後約束義……字從『束』，二點為分化符號。」〔註349〕

〔註347〕徐中舒：《甲骨文字典》，頁 661～662。

〔註348〕季師旭昇：《說文新證》，頁 493。

〔註349〕季師旭昇：《說文新證》，頁 513。

325　重

單　字				
七/越公/73/重				
偏　旁				
四/箴法/53/瘇	四/箴法/59/腫	六/鄭武/13/尰	六/鄭武/13/尰	七/趙簡/5/郵
七/趙簡/5/郵	七/趙簡/6/郵			

　　《說文・卷八・重部》：「▨，厚也。从壬東聲。凡重之屬皆从重。」甲骨
文形體寫作：▨（《村中南483》），▨（《村中南483》）。▨（《重爵》），▨（《重
父丙爵》），▨（《㷭作周公簋》））。「重」為會意兼聲字，會人背負重物，「東」亦
表聲。〔註350〕

326　橐

偏　旁				
五/封許/2/橐				

　　《說文・卷六・橐部》：「▨，囊也。从橐省，石聲。」甲骨文形體寫作：
▨（《合集》20295），▨（《合補》6223），▨（《合集》10425）。李孝定謂「字

〔註350〕季師旭昇：《說文新證》，頁658。

正像橐形，其中一點則橐中所貯之物，兩端象以繩約括之。」〔註351〕楚簡中從「橐」的形聲字，往往以字形中部所含的字形為聲符。

327　卣

偏　旁				
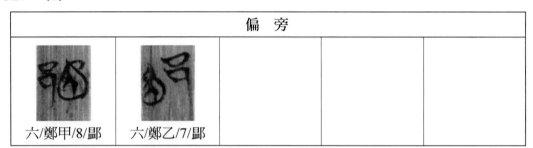				
六/鄭甲/8/鄩	六/鄭乙/7/鄩			

《說文・卷五・皿部》：「█，仁也。從皿，以食囚也。官溥說。」甲骨文形體寫作：▨（《合集》27930）。▨（《卣弗生甗》）。季師認為甲骨文的卣當表示蘊藏之意。〔註352〕

〔註351〕李孝定：《甲骨文字集釋》，頁 2109。

〔註352〕季師旭昇：《說文新證》，頁 419。

四十、樂　類

328　壴

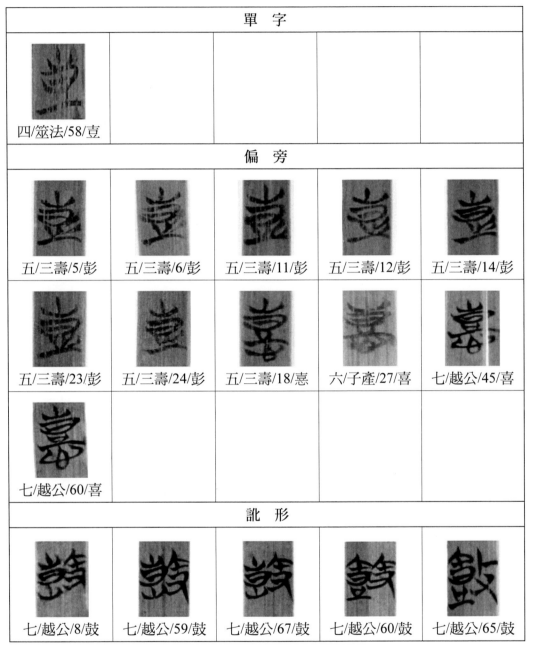

單　字				
四/筮法/58/壴				
偏　旁				
五/三壽/5/彭	五/三壽/6/彭	五/三壽/11/彭	五/三壽/12/彭	五/三壽/14/彭
五/三壽/23/彭	五/三壽/24/彭	五/三壽/18/憙	六/子產/27/喜	七/越公/45/喜
七/越公/60/喜				
訛　形				
七/越公/8/鼓	七/越公/59/鼓	七/越公/67/鼓	七/越公/60/鼓	七/越公/65/鼓

　　《說文‧卷五‧壴部》：「　，陳樂立而上見也。从中从豆。凡壴之屬皆从壴。」甲骨文「壴」字形體寫作：　（《合集》22412），　（《合集》4843），　（《合集》34477），　（《合集》19407）。金文形體寫作：　（《壴鼎》），　（《壴生鼎》），　（《曾侯乙鐘》）。戴侗曰：「其中蓋象鼓，上象設業崇牙之形，下象

建鼓之廣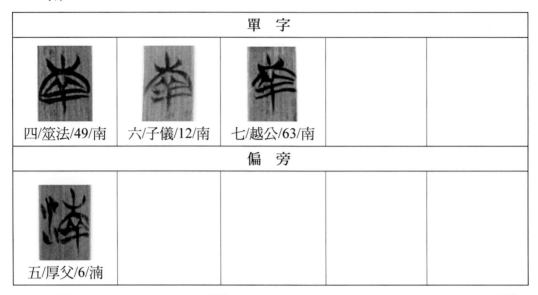之象。……伯曰：『意此即鼓字。』」〔註353〕

329 南

單 字				
四/筮法/49/南	六/子儀/12/南	七/越公/63/南		
偏 旁				
五/厚父/6/湳				

　　《說文・卷六・宋部》：「**𣏟**，艸木至南方，有枝任也。从宋羊聲。**𣏟**，古文。」甲骨文形體寫作：**𣏟**（《合集》14295），**𣏟**（《合集》10903）。金文形體寫作：**𣏟**（《柞伯簋》），**𣏟**（《井南伯簋》）。季師從甲骨文形體判斷，認為「南」字本義可能是一種樂器。〔註354〕

330 于

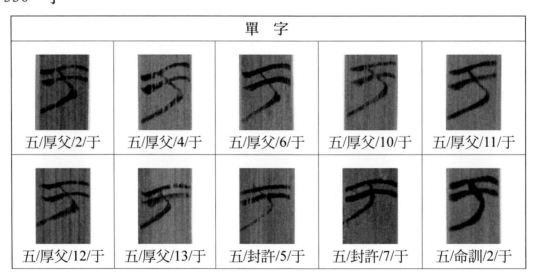

單 字				
五/厚父/2/于	五/厚父/4/于	五/厚父/6/于	五/厚父/10/于	五/厚父/11/于
五/厚父/12/于	五/厚父/13/于	五/封許/5/于	五/封許/7/于	五/命訓/2/于

〔註353〕　〔宋〕戴侗：《六書故》卷二十九，頁 30。
〔註354〕　季師旭昇：《說文新證》，頁 505。

五/命訓/3/于	五/命訓/3/于	五/命訓/4/于	五/命訓/5/于	五/命訓/6/于
五/三壽/8/于	五/三壽/17/于	五/三壽/23/于	五/三壽/26/于	六/鄭甲/10/于
六/鄭乙/9/于	六/子儀/3/于	六/子儀/8/于	六/子儀/9/于	六/子儀/20/于
六/子儀/20/于	六/子產/28/于	七/子犯/13/于	七/晉文/7/于	七/越公/5/于
七/越公/6/于	七/越公/7/于	七/越公/13/于	七/越公/12/于	七/越公/23/于
七/越公/28/于	七/越公/34/于	七/越公/39/于	七/越公/43/于	七/越公/48/于
七/越公/45/于	七/越公/48/于	七/越公/47/于	七/越公/52/于	七/越公/54/于
七/越公/54/于	七/越公/55/于	七/越公/56/于	七/越公/57/于	七/越公/57/于

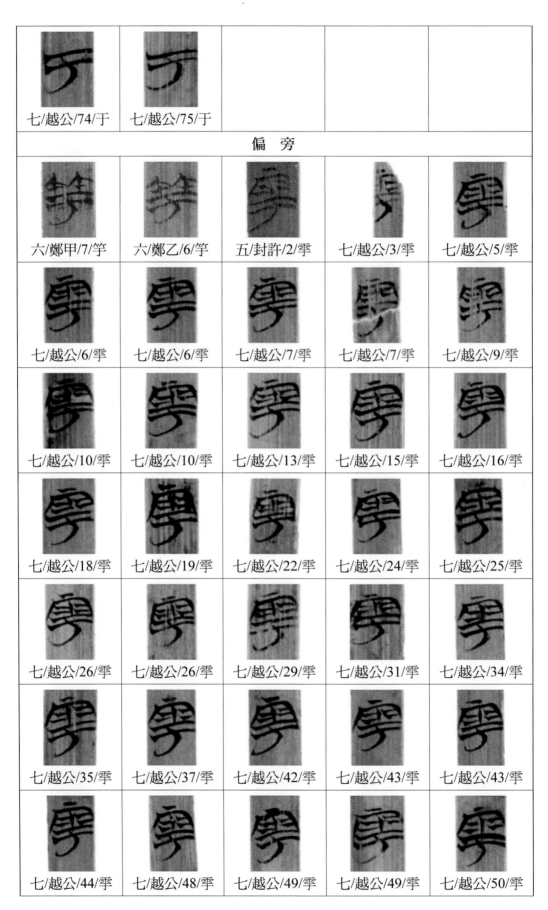

七/越公/74/于	七/越公/75/于			

偏　旁

六/鄭甲/7/竽	六/鄭乙/6/竽	五/封許/2/雩	七/越公/3/雩	七/越公/5/雩
七/越公/6/雩	七/越公/6/雩	七/越公/7/雩	七/越公/7/雩	七/越公/9/雩
七/越公/10/雩	七/越公/10/雩	七/越公/13/雩	七/越公/15/雩	七/越公/16/雩
七/越公/18/雩	七/越公/19/雩	七/越公/22/雩	七/越公/24/雩	七/越公/25/雩
七/越公/26/雩	七/越公/26/雩	七/越公/29/雩	七/越公/31/雩	七/越公/34/雩
七/越公/35/雩	七/越公/37/雩	七/越公/42/雩	七/越公/43/雩	七/越公/43/雩
七/越公/44/雩	七/越公/48/雩	七/越公/49/雩	七/越公/49/雩	七/越公/50/雩

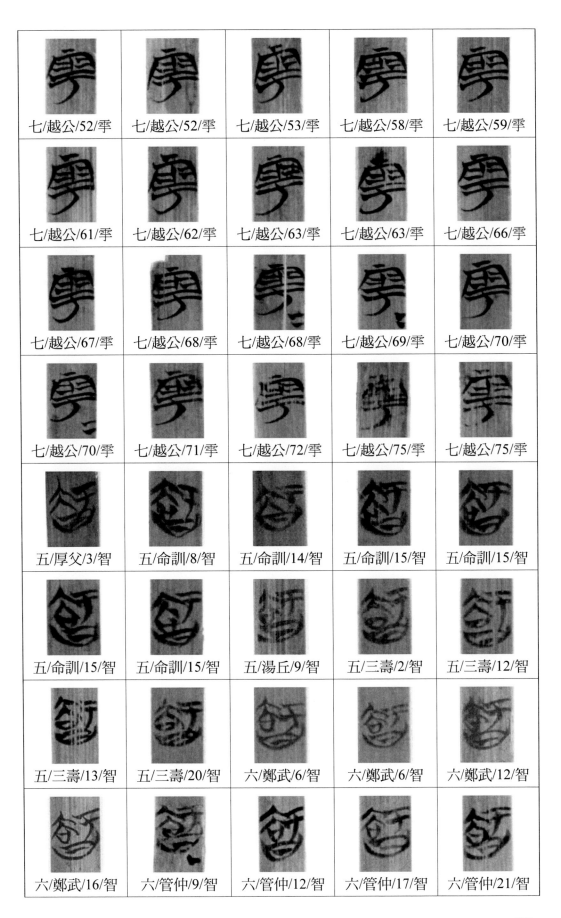

七/越公/52/雩	七/越公/52/雩	七/越公/53/雩	七/越公/58/雩	七/越公/59/雩
七/越公/61/雩	七/越公/62/雩	七/越公/63/雩	七/越公/63/雩	七/越公/66/雩
七/越公/67/雩	七/越公/68/雩	七/越公/68/雩	七/越公/69/雩	七/越公/70/雩
七/越公/70/雩	七/越公/71/雩	七/越公/72/雩	七/越公/75/雩	七/越公/75/雩
五/厚父/3/智	五/命訓/8/智	五/命訓/14/智	五/命訓/15/智	五/命訓/15/智
五/命訓/15/智	五/命訓/15/智	五/湯丘/9/智	五/三壽/2/智	五/三壽/12/智
五/三壽/13/智	五/三壽/20/智	六/鄭武/6/智	六/鄭武/6/智	六/鄭武/12/智
六/鄭武/16/智	六/管仲/9/智	六/管仲/12/智	六/管仲/17/智	六/管仲/21/智

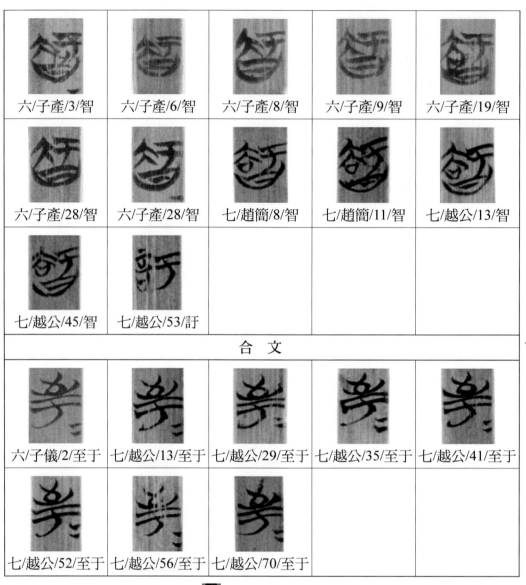

六/子產/3/智	六/子產/6/智	六/子產/8/智	六/子產/9/智	六/子產/19/智
六/子產/28/智	六/子產/28/智	七/趙簡/8/智	七/趙簡/11/智	七/越公/13/智
七/越公/45/智	七/越公/53/訏			
合　文				
六/子儀/2/至于	七/越公/13/至于	七/越公/29/至于	七/越公/35/至于	七/越公/41/至于
七/越公/52/至于	七/越公/56/至于	七/越公/70/至于		

　　《說文・卷五・于部》：「，于也。象气之舒亏。从丂从一。一者，其气平之也。凡亏之屬皆从亏。（今變隸作于。）」甲骨文形體寫作：（《後》2.20.8），（《合集》37398），（《合集》38762），（《合集》4722），（《合集》27142）。金文形體寫作：（《麥方鼎》），（《矢令方彝》）（《保員簋》）。裘錫圭認為「于」字為象形字，象「竽」形，後簡化成為「于」字。〔註355〕

〔註355〕　裘錫圭：〈甲骨文中的幾種樂器名稱〉《古文字論集》，頁 203～204。

四十一、獵　類

331 干

單　字			
五/三壽/8/干			

偏　旁				
四/筮法/15/宇	四/筮法/62/宇	四/筮法/49/忓	五/命訓/5/迁	五/命訓/8/迁
五/封許/3/攼	六/子儀/7/攼	六/管仲/21/攼	七/子犯/4/閈	七/越公/4/赶
七/子犯/7/邗	七/子犯/8/邗	七/子犯/9/邗	七/子犯/10/邗	七/子犯/13/邗
七/子犯/14/邗	五/三壽/25/旾	七/越公/20/攼		

《說文・卷三・幹部》：「⧫，犯也。从反入，从一。凡干之屬皆从干。」甲骨文形體作：⧫（《合集》4945），Ұ（《合集》28059），⧫（《合集》9801），Ұ（《鄴三下》39.11）。金文形體寫作：⧫（《師克盨蓋》），⧫（《毛公鼎》），⧫（《成周邦父壺》）。丁山：「單、干蓋古今字也。」〔註356〕徐中舒：「應為先

〔註356〕丁山：《說文闕義箋》，頁3〜8。

民打獵之工具。」〔註357〕

332 單

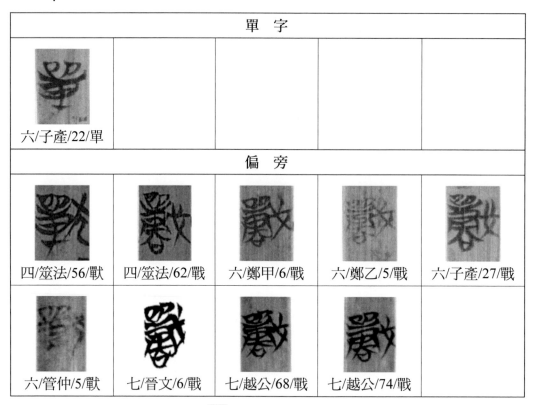

單 字				
六/子產/22/單				
偏 旁				
四/筮法/56/獸	四/筮法/62/戰	六/鄭甲/6/戰	六/鄭乙/5/戰	六/子產/27/戰
六/管仲/5/獸	七/晉文/6/戰	七/越公/68/戰	七/越公/74/戰	

　　《說文・卷二・吅部》:「單，大也。从吅、串，吅亦聲。闕。」甲骨文形體寫作:（《合集》137），（《合集》9572），（《合集》10615）。金文形體寫作:（《裘衛盉》），（《揚簋》），（《雍父甲卣》）。「單」字為象形字，象一種作戰及打獵用的工具。甲骨文中的「單」是一種王族或其支族的公社組織。〔註358〕

333 网

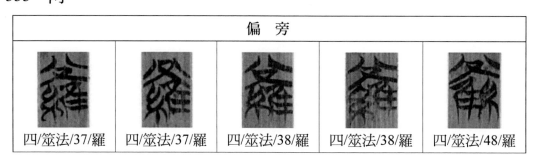

偏 旁				
四/筮法/37/羅	四/筮法/37/羅	四/筮法/38/羅	四/筮法/38/羅	四/筮法/48/羅

〔註357〕徐中舒:《甲骨文字典》，頁209。
〔註358〕季師旭昇:《說文新證》，頁105。

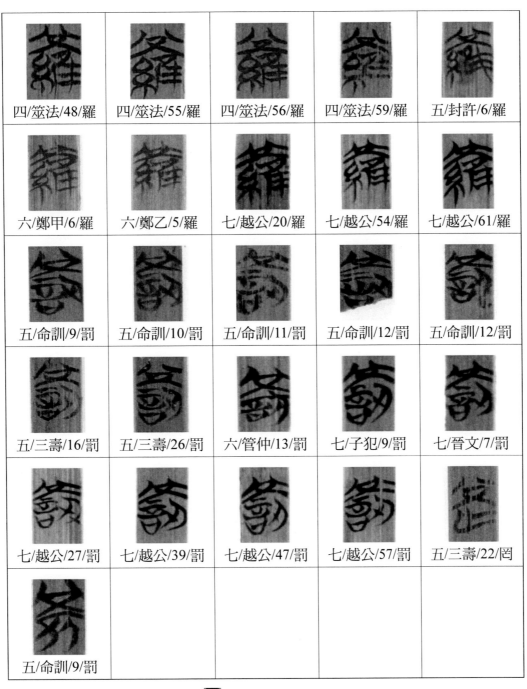

四/筮法/48/羅	四/筮法/55/羅	四/筮法/56/羅	四/筮法/59/羅	五/封許/6/羅
六/鄭甲/6/羅	六/鄭乙/5/羅	七/越公/20/羅	七/越公/54/羅	七/越公/61/羅
五/命訓/9/罰	五/命訓/10/罰	五/命訓/11/罰	五/命訓/12/罰	五/命訓/12/罰
五/三壽/16/罰	五/三壽/26/罰	六/管仲/13/罰	七/子犯/9/罰	七/晉文/7/罰
七/越公/27/罰	七/越公/39/罰	七/越公/47/罰	七/越公/57/罰	五/三壽/22/罔
五/命訓/9/罰				

　　《說文・卷七・网部》：「█，庖犧所結繩以漁。从冂，下象网交文。凡网之屬皆从网。（今經典變隸作罒。）█网或从亡。█网或从糸。█古文网。█籀文网。」甲骨文形體寫作：█（《合集》10514），█（《懷》319），█（《合集》10976）。金文形體寫作：█（《网鼎》），█（《小子𫂙卣》）。「网」字為象形字，羅振玉謂：「象張網形。」〔註359〕

────────────

〔註359〕羅振玉：《增訂殷虛書契考釋（中）》，頁49。

334 敢

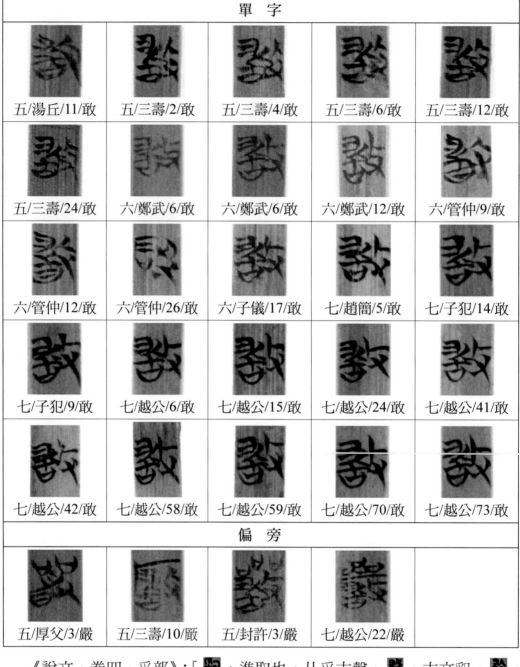

單 字				
五/湯丘/11/敢	五/三壽/2/敢	五/三壽/4/敢	五/三壽/6/敢	五/三壽/12/敢
五/三壽/24/敢	六/鄭武/6/敢	六/鄭武/6/敢	六/鄭武/12/敢	六/管仲/9/敢
六/管仲/12/敢	六/管仲/26/敢	六/子儀/17/敢	七/趙簡/5/敢	七/子犯/14/敢
七/子犯/9/敢	七/越公/6/敢	七/越公/15/敢	七/越公/24/敢	七/越公/41/敢
七/越公/42/敢	七/越公/58/敢	七/越公/59/敢	七/越公/70/敢	七/越公/73/敢
偏 旁				
五/厚父/3/嚴	五/三壽/10/厰	五/封許/3/嚴	七/越公/22/嚴	

《說文‧卷四‧殳部》：「，進取也。从受古聲。，古文叡。，籀文叡。」甲骨文形體寫作：（《合集》1021），（《合集》224），（《合集》31133），（《合集》10719）。金文形體寫作：（《作冊矢令彝》），（《追簋》），（《南宮乎鐘》）。徐中舒服釋形作：「敢象雙手持干刺豕形，上象倒豕。」會進取義。〔註360〕

〔註360〕徐中舒：《漢語古文字字形表》，頁155。

四十二、農　類

335　弋

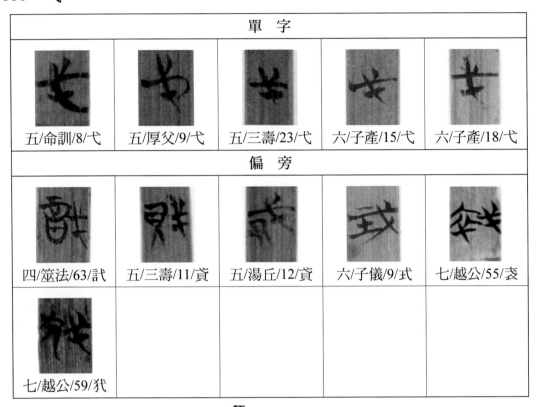

單　字				
五/命訓/8/弋	五/厚父/9/弋	五/三壽/23/弋	六/子產/15/弋	六/子產/18/弋
偏　旁				
四/筮法/63/試	五/三壽/11/貣	五/湯丘/12/貣	六/子儀/9/式	七/越公/55/裵
七/越公/59/狱				

　　《說文・卷十二・厂部》:「，麋也。象折木衺銳著形。从厂，象物掛之也。」甲骨文形體形體寫作 (《乙》807)，(《河》582)。金文形體寫作:(《彧簋》)，(《召伯簋》二)。「弋」字當為象形字，裘錫圭認為字即橛杙之「杙」本字:「象一種下端很尖的杙狀物。」〔註361〕

336　歺

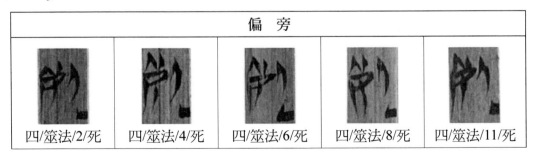

偏　旁				
四/筮法/2/死	四/筮法/4/死	四/筮法/6/死	四/筮法/8/死	四/筮法/11/死

〔註361〕裘錫圭:〈釋「弋」〉《裘錫圭學術文集（卷一）》，頁67～71。

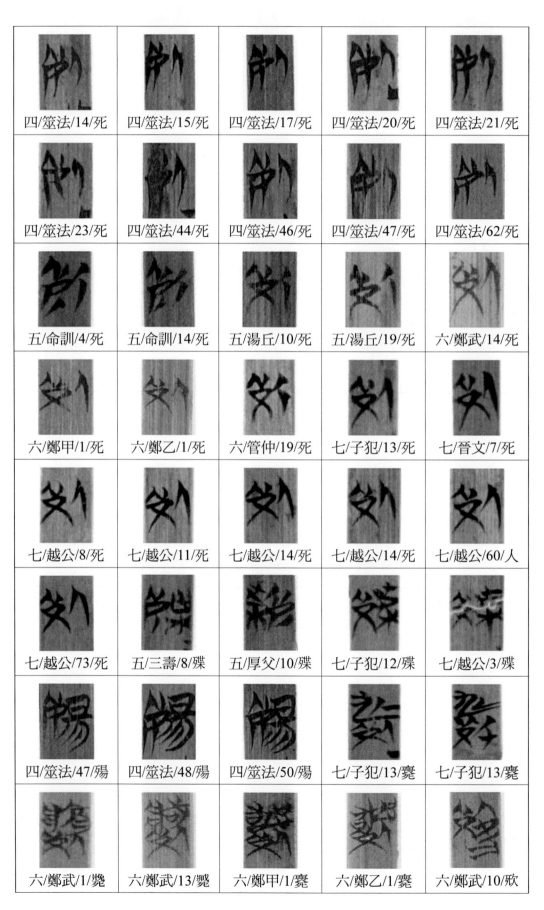

四/筮法/14/死	四/筮法/15/死	四/筮法/17/死	四/筮法/20/死	四/筮法/21/死
四/筮法/23/死	四/筮法/44/死	四/筮法/46/死	四/筮法/47/死	四/筮法/62/死
五/命訓/4/死	五/命訓/14/死	五/湯丘/10/死	五/湯丘/19/死	六/鄭武/14/死
六/鄭甲/1/死	六/鄭乙/1/死	六/管仲/19/死	七/子犯/13/死	七/晉文/7/死
七/越公/8/死	七/越公/11/死	七/越公/14/死	七/越公/14/死	七/越公/60/人
七/越公/73/死	五/三壽/8/殜	五/厚父/10/殜	七/子犯/12/殜	七/越公/3/殜
四/筮法/47/殤	四/筮法/48/殤	四/筮法/50/殤	七/子犯/13/甕	七/子犯/13/甕
六/鄭武/1/甕	六/鄭武/13/甕	六/鄭甲/1/甕	六/鄭乙/1/甕	六/鄭武/10/歊

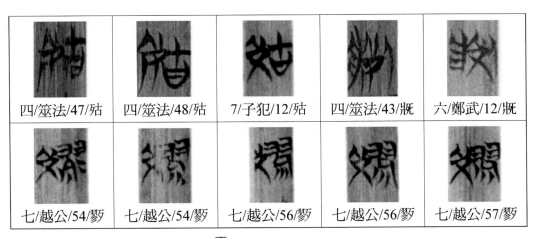

四/筮法/47/殆	四/筮法/48/殆	7/子犯/12/殆	四/筮法/43/朓	六/鄭武/12/朓
七/越公/54/劉	七/越公/54/劉	七/越公/56/劉	七/越公/56/劉	七/越公/57/劉

《說文・卷四・歺部》：「　，剔骨之殘也。从半冎。凡歺之屬皆从歺。讀若櫱岸之櫱。　古文歺。」甲骨文形體寫作：　（《合集》19933），　（《合集》6589），　（《合集》22134）。金文形體寫作：　（《盂鼎》「死」字所從），　（《頌鼎》「死」字所從）。季師釋形作：「象木杙裂開之形。」〔註362〕

337　辰

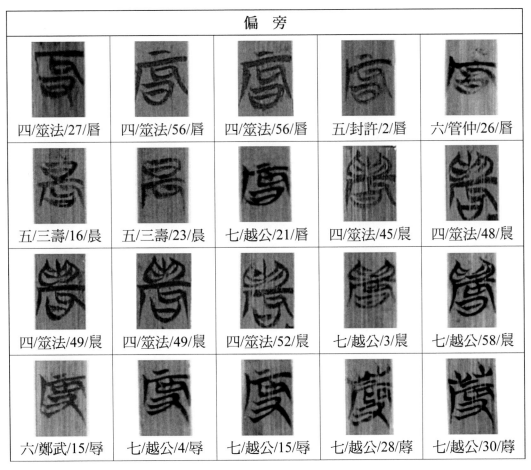

偏　旁				
四/筮法/27/唇	四/筮法/56/唇	四/筮法/56/唇	五/封許/2/唇	六/管仲/26/唇
五/三壽/16/晨	五/三壽/23/晨	七/越公/21/唇	四/筮法/45/晨	四/筮法/48/晨
四/筮法/49/晨	四/筮法/49/晨	四/筮法/52/晨	七/越公/3/晨	七/越公/58/晨
六/鄭武/15/辱	七/越公/4/辱	七/越公/15/辱	七/越公/28/蓐	七/越公/30/蓐

〔註362〕季師旭昇：《說文新證》，頁332。

七/越公/30/蓐	七/越公/31/蓐	七/越公/32/蓐	七/越公/32/蓐	七/越公/37/蓐

《說文・卷十四・辰部》：「，震也。三月，陽气動，靁電振，民農時也。物皆生，从乙、匕，象芒達；厂，聲也。辰，房星，天時也。从二，二，古文上字。凡辰之屬皆从辰。，古文辰。」甲骨文形體寫作：月（《合集》13262），（《合集》28196），（《合集》34652），（《合集》19863）。金文形體寫作：（《大盂鼎》），（《柞伯簋》），（《善鼎》）。裘錫圭：「辰時農業上用於清除草木的一種工具。……象把石質的辰頭捆在木柄上的繩索一類的東西。」〔註363〕

338　才

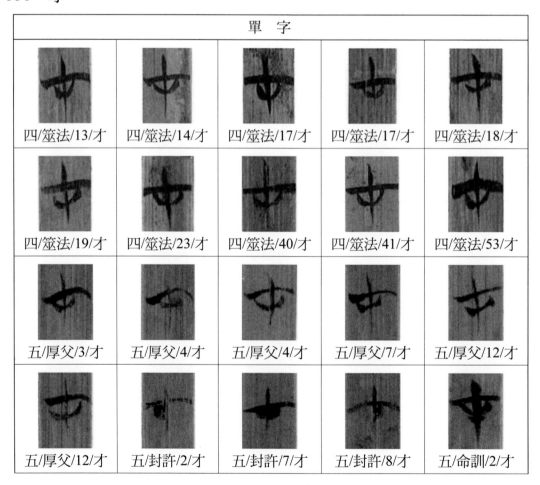

單　字				
四/筮法/13/才	四/筮法/14/才	四/筮法/17/才	四/筮法/17/才	四/筮法/18/才
四/筮法/19/才	四/筮法/23/才	四/筮法/40/才	四/筮法/41/才	四/筮法/53/才
五/厚父/3/才	五/厚父/4/才	五/厚父/4/才	五/厚父/7/才	五/厚父/12/才
五/厚父/12/才	五/封許/2/才	五/封許/7/才	五/封許/8/才	五/命訓/2/才

〔註363〕裘錫圭：〈甲骨文中所見的商代農業〉《裘錫圭學術文集（卷一）》，頁246。

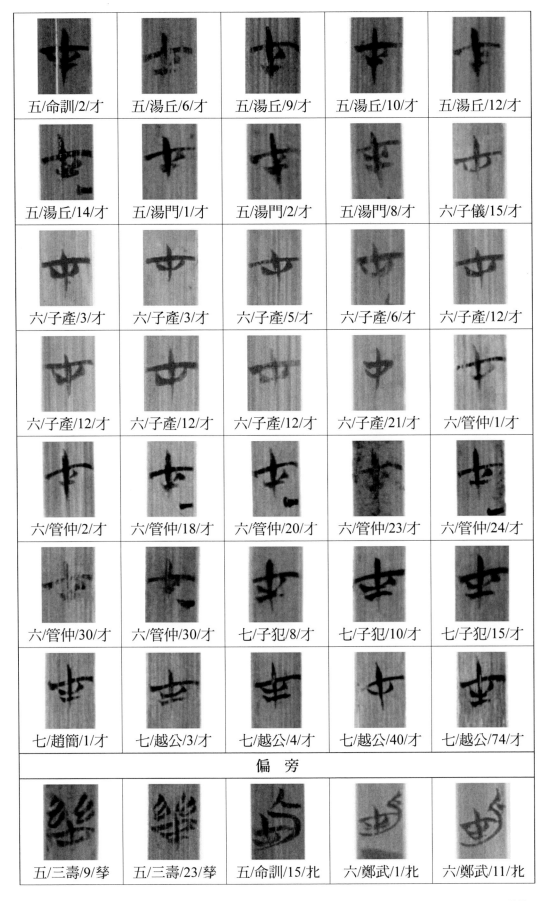

五/命訓/2/才	五/湯丘/6/才	五/湯丘/9/才	五/湯丘/10/才	五/湯丘/12/才
五/湯丘/14/才	五/湯門/1/才	五/湯門/2/才	五/湯門/8/才	六/子儀/15/才
六/子產/3/才	六/子產/3/才	六/子產/5/才	六/子產/6/才	六/子產/12/才
六/子產/12/才	六/子產/12/才	六/子產/12/才	六/子產/21/才	六/管仲/1/才
六/管仲/2/才	六/管仲/18/才	六/管仲/20/才	六/管仲/23/才	六/管仲/24/才
六/管仲/30/才	六/管仲/30/才	七/子犯/8/才	七/子犯/10/才	七/子犯/15/才
七/趙簡/1/才	七/越公/3/才	七/越公/4/才	七/越公/40/才	七/越公/74/才

偏　旁

五/三壽/9/孿	五/三壽/23/孿	五/命訓/15/批	六/鄭武/1/批	六/鄭武/11/批

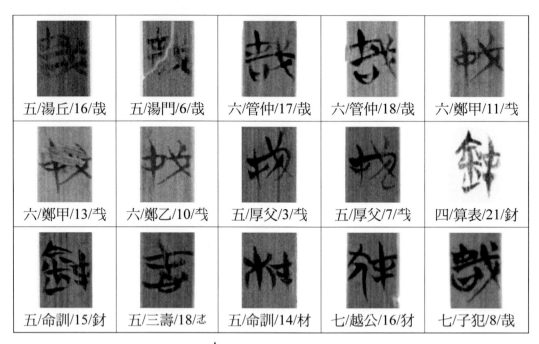

五/湯丘/16/哉	五/湯門/6/哉	六/管仲/17/哉	六/管仲/18/哉	六/鄭甲/11/弐
六/鄭甲/13/弐	六/鄭乙/10/弐	五/厚父/3/弐	五/厚父/7/弐	四/算表/21/釱
五/命訓/15/釱	五/三壽/18/恚	五/命訓/14/材	七/越公/16/犲	七/子犯/8/哉

　　《說文・卷六・才部》：「才，艸木之初也。从丨上貫一，將生枝葉。一，地也。凡才之屬皆从才。」甲骨文形體寫作：才（《合集》34406），才（《合集》1916），才（《合集》28009）。金文形體寫作：才（《宰父卣》），才（《六祀邲其卣》），才（《旅鼎》）。何琳儀認為，「才」字從「弋」字分化。〔註364〕陳劍釋形作：「……『弋』字上比『才』字多出一小筆。兩字讀音相差也不遠，所以我認為，它們本事一字分化而來的，『才』字字形也應說象下端尖銳的橛杙之形。」〔註365〕

339　力

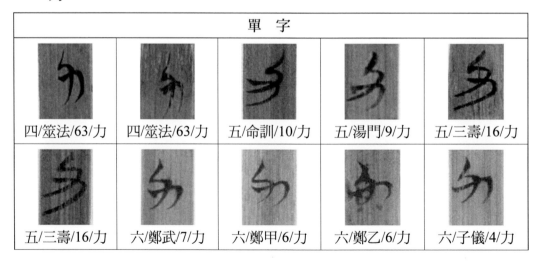

單　字				
四/筮法/63/力	四/筮法/63/力	五/命訓/10/力	五/湯門/9/力	五/三壽/16/力
五/三壽/16/力	六/鄭武/7/力	六/鄭甲/6/力	六/鄭乙/6/力	六/子儀/4/力

〔註364〕何琳儀：《戰國古文字典》，頁99。
〔註365〕陳劍：〈釋造〉《甲骨金文考釋論集》，頁141。

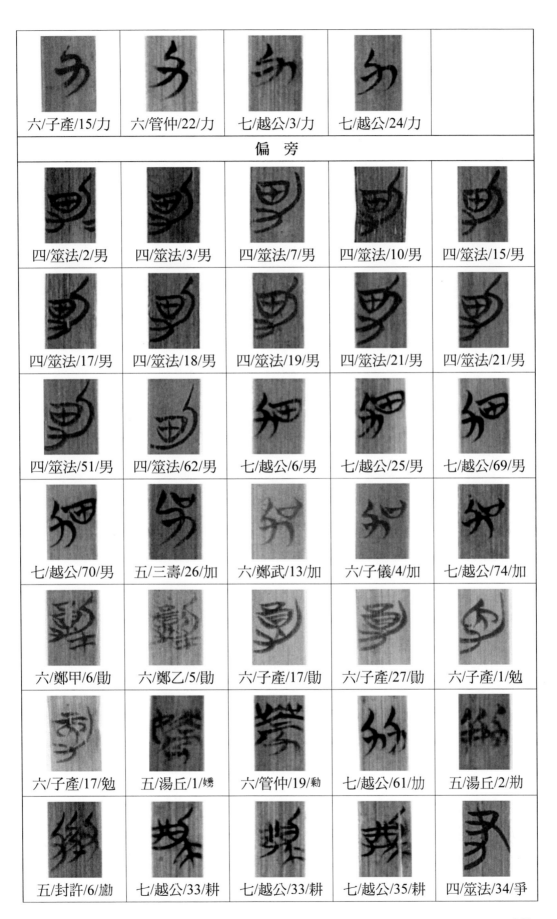

六/子產/15/力	六/管仲/22/力	七/越公/3/力	七/越公/24/力	

偏　旁				
四/筮法/2/男	四/筮法/3/男	四/筮法/7/男	四/筮法/10/男	四/筮法/15/男
四/筮法/17/男	四/筮法/18/男	四/筮法/19/男	四/筮法/21/男	四/筮法/21/男
四/筮法/51/男	四/筮法/62/男	七/越公/6/男	七/越公/25/男	七/越公/69/男
七/越公/70/男	五/三壽/26/加	六/鄭武/13/加	六/子儀/4/加	七/越公/74/加
六/鄭甲/6/勛	六/鄭乙/5/勛	六/子產/17/勛	六/子產/27/勛	六/子產/1/勉
六/子產/17/勉	五/湯丘/1/嫐	六/管仲/19/勅	七/越公/61/加	五/湯丘/2/㧱
五/封許/6/勵	七/越公/33/耕	七/越公/33/耕	七/越公/35/耕	四/筮法/34/爭

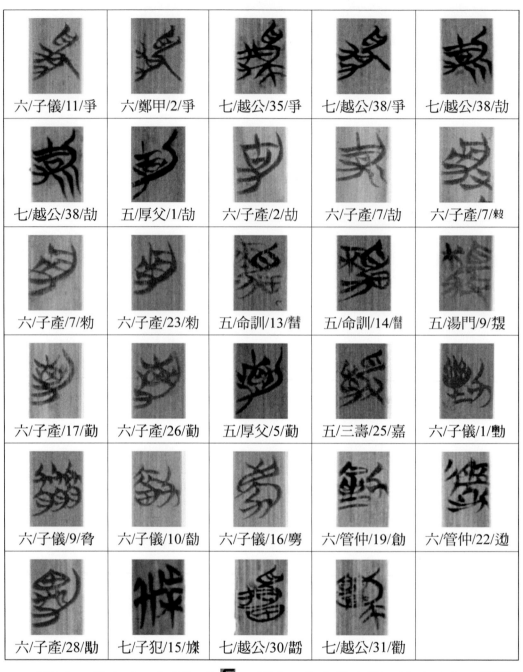

六/子儀/11/爭	六/鄭甲/2/爭	七/越公/35/爭	七/越公/38/爭	七/越公/38/劼
七/越公/38/劼	五/厚父/1/劼	六/子產/2/劼	六/子產/7/劼	六/子產/7/㩺
六/子產/7/勒	六/子產/23/勒	五/命訓/13/轡	五/命訓/14/轡	五/湯門/9/掇
六/子產/17/勸	六/子產/26/勸	五/厚父/5/勸	五/三壽/25/嘉	六/子儀/1/勳
六/子儀/9/脅	六/子儀/10/勮	六/子儀/16/勥	六/管仲/19/勧	六/管仲/22/遜
六/子產/28/勘	七/子犯/15/㯩	七/越公/30/勸	七/越公/31/勸	

《說文・卷十三・力部》:「 ,筋也。象人筋之形。治功曰力,能圉大災。凡力之屬皆从力。」甲骨文形體寫作: ﾉ(《合集》21304),ﾉ(《合集》22268),ﾉ(《合集》22322)。金文形態寫作: ﾙﾙ(《䰞羌鐘》),囲(《弔南父匜》「男」字所從)。裘錫圭提出:「力」是「耜」的初文,「力是由原始農業中挖掘植物或點種用的尖頭木棒發展而成的一種發土工具,字形裏的短畫像腳踏的橫木。」〔註366〕

───────────────

〔註366〕裘錫圭:〈甲骨文中所見的商代農業〉《裘錫圭學術文集(卷一)》,頁241～242。

340　乇

單 字				
四/筮法/61/乇	五/封許/2/乇	六/鄭武/14/乇	六/鄭武/17/乇	七/晉文/5/乇
七/晉文/7/乇	七/越公/26/乇	七/越公/30/乇		
偏 旁				
四/筮法/13/复	四/筮法/61/复	四/筮法/61/复	五/三壽/10/复	五/三壽/21/复
五/厚父/5/复	五/厚父/5/复	六/子儀/7/作	六/子產/28/复	七/越公/29/复
五/厚父/8/嫛	五/厚父/11/嫛			

　　《說文・卷十二・乇部》：「乇，止也，一曰亡也。从亡从一。」甲骨文形體寫作：寫作：（《合集》1404），（《合集》21039），（《合集》6506）乇（《西周》H1：24），乇（《西周》H1：14）。金文形體：（《小子乇父乙方鼎》），（《大盂鼎》），（《伯睘卣》）。裘錫圭：「乇」即為「柞」字的初文，表除木意。《詩經・周頌・載芟》，《毛傳》：「除木曰柞」、《周禮・秋官》有掌伐除樹木開闢田地的「柞氏」之官為證。〔註367〕

〔註367〕裘錫圭：〈甲骨文中所見的商代農業〉《裘錫圭學術文集（卷一）》，頁250。

341 司

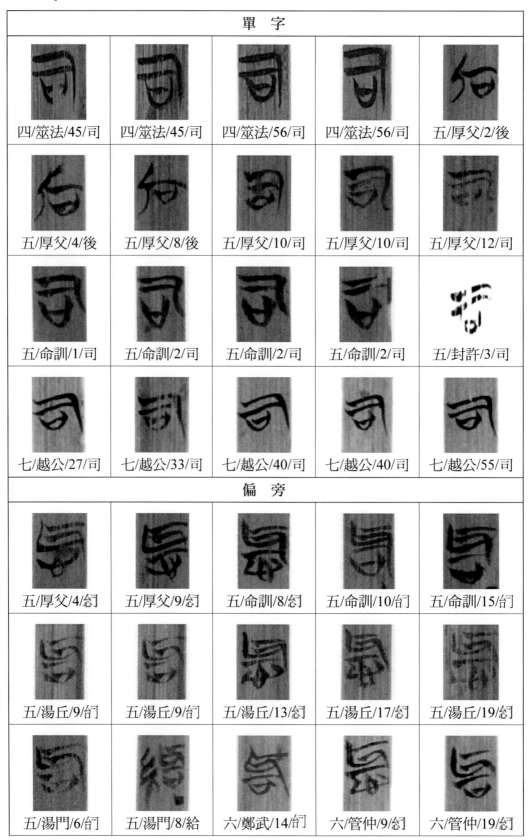

單 字				
四/筮法/45/司	四/筮法/45/司	四/筮法/56/司	四/筮法/56/司	五/厚父/2/後
五/厚父/4/後	五/厚父/8/後	五/厚父/10/司	五/厚父/10/司	五/厚父/12/司
五/命訓/1/司	五/命訓/2/司	五/命訓/2/司	五/命訓/2/司	五/封許/3/司
七/越公/27/司	七/越公/33/司	七/越公/40/司	七/越公/40/司	七/越公/55/司

偏 旁				
五/厚父/4/刢	五/厚父/9/刢	五/命訓/8/刢	五/命訓/10/司	五/命訓/15/刢
五/湯丘/9/刢	五/湯丘/9/刢	五/湯丘/13/刢	五/湯丘/17/刢	五/湯丘/19/刢
五/湯門/6/刢	五/湯門/8/給	六/鄭武/14/刢	六/管仲/9/刢	六/管仲/19/刢

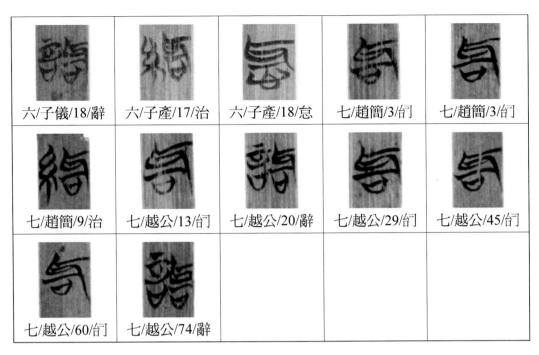

六/子儀/18/辭	六/子產/17/治	六/子產/18/怠	七/趙簡/3/嗣	七/趙簡/3/嗣
七/趙簡/9/治	七/越公/13/嗣	七/越公/20/辭	七/越公/29/嗣	七/越公/45/嗣
七/越公/60/嗣	七/越公/74/辭			

　　《說文・卷九・司部》：「臣司事於外者。从反后。凡司之屬皆从司。」甲骨文形體寫作： （《合集》20276）， （《合集》27607）， （《合集》19886）。金文形體寫作： （《毛公鼎》）， （《司母戊方鼎》）。季師釋形作：「疑象權杖之類。」〔註368〕

〔註368〕季師旭昇：《說文新證》，頁491。

四十三、兵　類

342　戈

單　字				
六/鄭甲/5/戈	六/鄭乙/5/戈			
偏　旁				
四/筮法/4/弋	四/筮法/19/弋	四/筮法/20/弋	四/筮法/28/弋	四/筮法/47/弋
四/筮法/47/弋	四/算表/1/弋	四/筮法/20/弍	四/算表/1/弍	七/晉文/2/弍
七/晉文/2/弍	七/子犯/4/弍	七/越公/16/弍	七/越公/19/弍	四/算表/1/三
六/鄭武/1/武	六/鄭武/1/武	五/三壽/22/武	六/鄭甲/10/武	六/鄭乙/9/武
六/子產/27/武	六/管仲/21/武	六/管仲/21/武	六/管仲/22/武	六/鄭甲/7/武

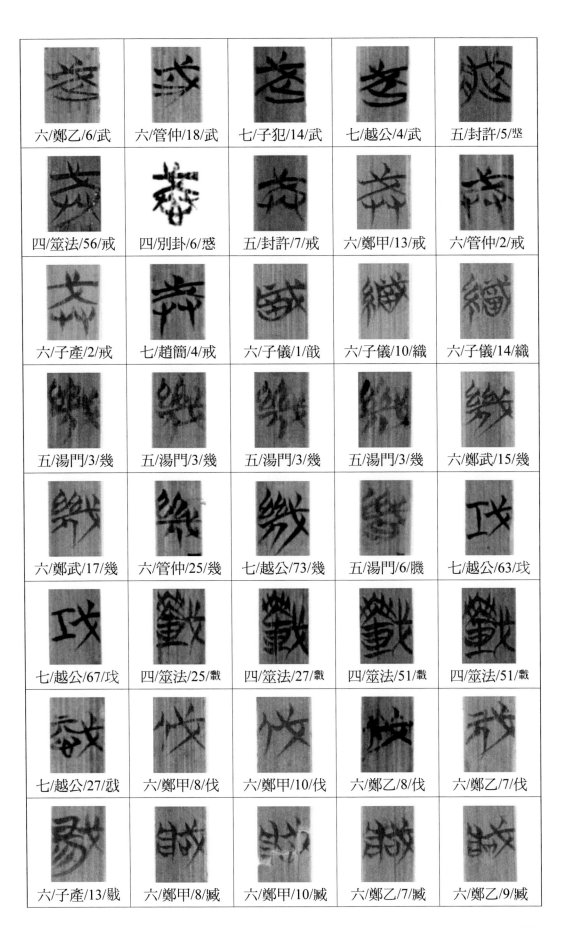

六/鄭乙/6/武	六/管仲/18/武	七/子犯/14/武	七/越公/4/武	五/封許/5/堥
四/筮法/56/戒	四/別卦/6/惑	五/封許/7/戒	六/鄭甲/13/戒	六/管仲/2/戒
六/子產/2/戒	七/趙簡/4/戒	六/子儀/1/戠	六/子儀/10/織	六/子儀/14/織
五/湯門/3/幾	五/湯門/3/幾	五/湯門/3/幾	五/湯門/3/幾	六/鄭武/15/幾
六/鄭武/17/幾	六/管仲/25/幾	七/越公/73/幾	五/湯門/6/騰	七/越公/63/戉
七/越公/67/戉	四/筮法/25/戠	四/筮法/27/戴	四/筮法/51/戴	四/筮法/51/戴
七/越公/27/戜	六/鄭甲/8/伐	六/鄭甲/10/伐	六/鄭乙/8/伐	六/鄭乙/7/伐
六/子產/13/戜	六/鄭甲/8/臧	六/鄭甲/10/臧	六/鄭乙/7/臧	六/鄭乙/9/臧

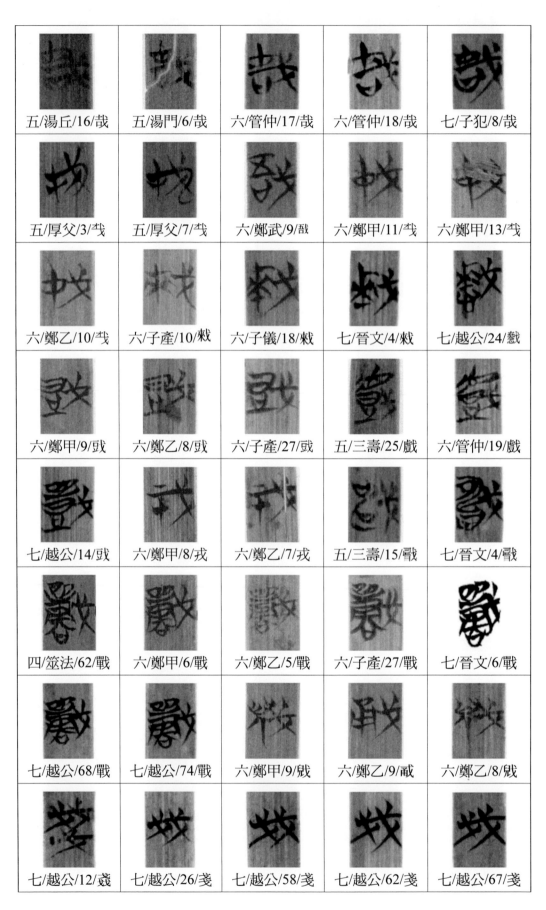

五/湯丘/16/哉	五/湯門/6/哉	六/管仲/17/哉	六/管仲/18/哉	七/子犯/8/哉
五/厚父/3/弎	五/厚父/7/弎	六/鄭武/9/戠	六/鄭甲/11/弎	六/鄭甲/13/弎
六/鄭乙/10/弎	六/子產/10/烖	六/子儀/18/烖	七/晉文/4/烖	七/越公/24/戠
六/鄭甲/9/戜	六/鄭乙/8/戜	六/子產/27/戜	五/三壽/25/戲	六/管仲/19/戲
七/越公/14/戜	六/鄭甲/8/戎	六/鄭乙/7/戎	五/三壽/15/戩	七/晉文/4/戩
四/筮法/62/戰	六/鄭甲/6/戰	六/鄭乙/5/戰	六/子產/27/戰	七/晉文/6/戰
七/越公/68/戰	七/越公/74/戰	六/鄭甲/9/戜	六/鄭乙/9/戜	六/鄭乙/8/戜
七/越公/12/戔	七/越公/26/戔	七/越公/58/戔	七/越公/62/戔	七/越公/67/戔

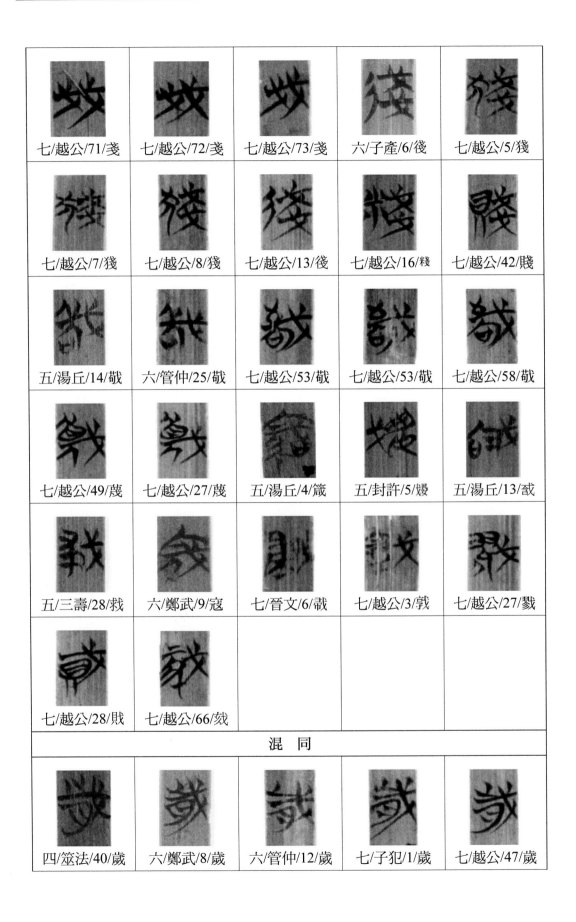

七/越公/71/戔	七/越公/72/戔	七/越公/73/戔	六/子產/6/後	七/越公/5/狺
七/越公/7/狺	七/越公/8/狺	七/越公/13/後	七/越公/16/糉	七/越公/42/賤
五/湯丘/14/敨	六/管仲/25/敨	七/越公/53/敨	七/越公/53/敨	七/越公/58/敨
七/越公/49/蔑	七/越公/27/蔑	五/湯丘/4/箴	五/封許/5/嫛	五/湯丘/13/戤
五/三壽/28/栽	六/鄭武/9/寇	七/晉文/6/戠	七/越公/3/戜	七/越公/27/戮
七/越公/28/賊	七/越公/66/戣			

混　同

四/筮法/40/歲	六/鄭武/8/歲	六/管仲/12/歲	七/子犯/1/歲	七/越公/47/歲

合　文			
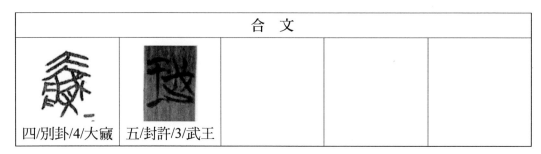			
四/別卦/4/大藏	五/封許/3/武王		

　　《說文‧卷十二‧戈部》：「戈，平頭戟也。从弋，一橫之。象形。凡戈之屬皆从戈。」甲骨文形體寫作：千（《合集》33208），千（《合集》21897），戈（《屯》2194）。金文形體寫作：戈（《戈父丁簋》），戈（《戈尊》），戈（《小臣宅簋》）。「戈」字為象形字，象戈之形。

343　必

單　字				
四/筮法/63/必	五/湯丘/4/必	五/湯丘/5/必	五/湯丘/7/必	五/命訓/13/必
五/命訓/15/必	六/管仲/17/必	六/管仲/17/必	六/管仲/25/必	六/管仲/26/必
六/子產/20/必	七/子犯/4/必	七/子犯/5/必	七/子犯/10/必	七/越公/7/必
七/越公/32/必	七/越公/32/必	七/越公/33/必	七/越公/40/必	七/越公/42/必
七/越公/45/必	七/越公/46/必	七/越公/46/必	七/越公/61/必	

偏　旁				
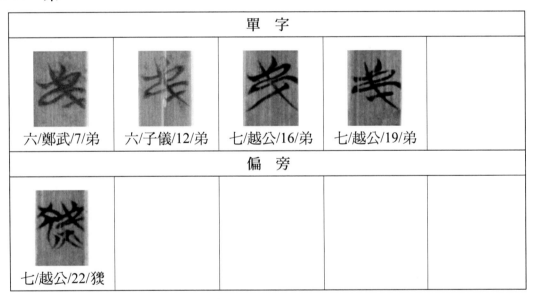五/封許/2/祕				

《說文・卷二・八部》：「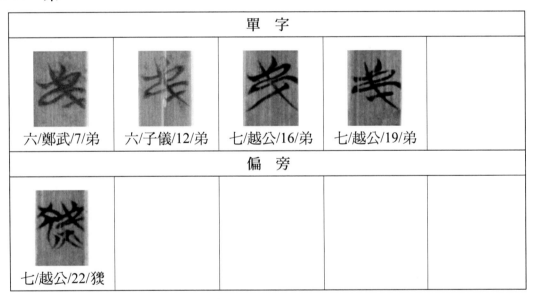，分極也。从八、弋，弋亦聲。」甲骨文形體寫作：（《合集》23602），（《合集》4283），（《合集》15532）。金文形體寫作：（《南宮乎鐘》），（《史密簋》），（《走馬休盤》）。「必」字為「祕」字的初文。甲骨文字形象戈祕形，其字從「戈」而只畫出戈祕，不畫出其餘部分。西周文字以下加上兩點，為飾筆。〔註369〕

344　弟

單　字				
六/鄭武/7/弟	六/子儀/12/弟	七/越公/16/弟	七/越公/19/弟	
偏　旁				
七/越公/22/獘				

《說文・卷五・弟部》：「，韋束之次弟也。从古字之象。凡弟之屬皆从弟。古文弟从古文韋省，ノ聲。」「弟」字甲骨文寫作：（《合補》6829）、（《合集》318180），（《合集》9817）。金文寫作：（《臣諫簋》）、（《雁公鼎》）。「弟」字從「祕」，古代戈祕外纏以韋索，整齊有次第。〔註370〕

〔註369〕季師旭昇：《說文新證》，頁87。
〔註370〕季師旭昇：《說文新證》，頁478。

345 弗

單 字				
五/厚父/2/弗	五/厚父/4/弗	五/厚父/6/弗	五/厚父/6/弗	五/厚父/7/弗
五/厚父/10/弗	五/命訓/8/弗	五/湯丘/8/弗	五/湯丘/10/弗	六/鄭武/10/弗
六/管仲/23/弗	六/子儀/19/弗	六/子產/18/弗	七/子犯/3/弗	七/越公/39/弗
七/越公/46/弗	七/越公/57/弗	七/越公/71/弗	七/越公/71/弗	七/越公/73/弗
偏 旁				
六/子產/16/枾				

　　《說文‧卷十二‧丿部》：「❖，撟也。从丿从乀，从韋省。」「弗」字甲骨文形體寫作：❖（《合集》12617），❖（《合集》21708），❖（《花東》102）。「弗」字金文形體寫作：❖（《史牆盤》），❖（《毛公旂方鼎》），❖（《班簋》），❖（《易鼎》）。季師釋形：「象形字古代煣木，先浸水、火烤，彎曲成一定的形狀，這叫煣。之後，急浸冷水使定型，然後綁縛固定，便乾燥，這叫弗。字所從兩豎筆，象被撟物、或撟正物，中間『己』形象綁縛用的韋索。」〔註371〕

〔註371〕季師旭昇：《說文新證》，頁857。

346　矛

單　字			
五/三壽/8/矛			

偏　旁				
五/三壽/22/柔	六/子產/24/柔	七/越公/9/柔	六/鄭甲/12/茅	六/鄭乙/11/茅
五/三壽/12/炎	六/子儀/15/俶	五/湯丘/13/緅	五/三壽/12/駁	六/子儀/9/羺
六/管仲/22/遜				

　　《說文・卷十四・矛部》:「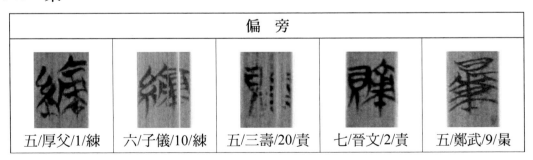，酋矛也。建於兵車，長二丈。象形。凡矛之屬皆从矛。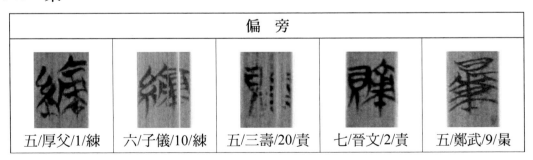古文矛从戈。」「矛」字的甲骨文形體寫作: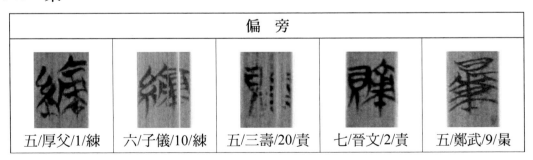（《合集》29004偏旁）。金文形體寫作: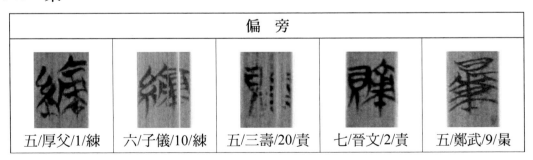（《冬簋》）。矛字為象形字，象長柄直刺兵。

347　束

偏　旁				
五/厚父/1/練	六/子儀/10/練	五/三壽/20/責	七/晉文/2/責	五/鄭武/9/槑

六/鄭甲/5/娛	六/管仲/13/腖			

《說文・卷七・束部》:「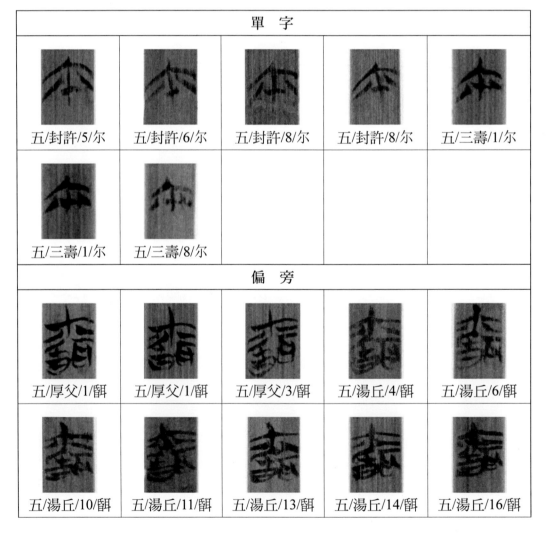，木芒也。象形。凡束之屬皆从束。讀若刺。」甲骨文形體寫作: 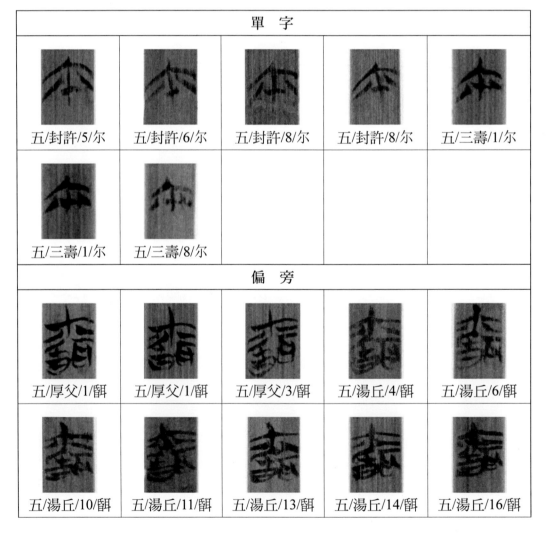（《合集》22137），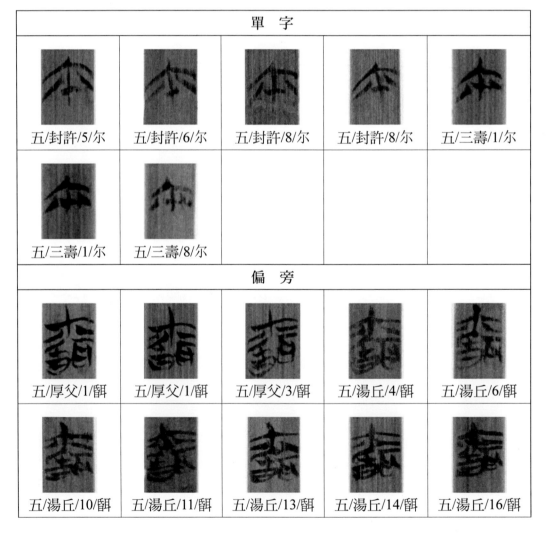（《合集》32967），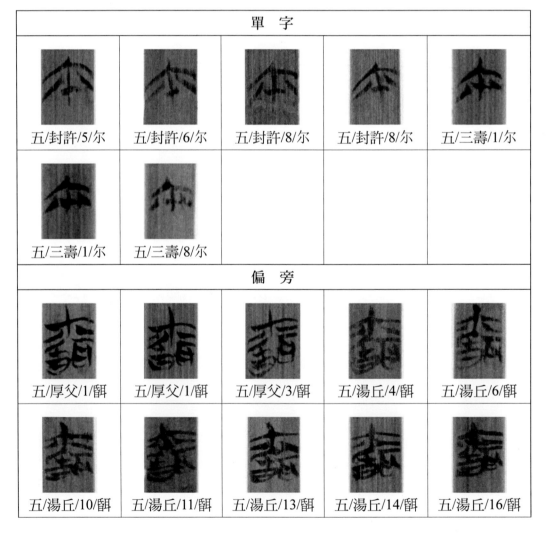（《合集》21444），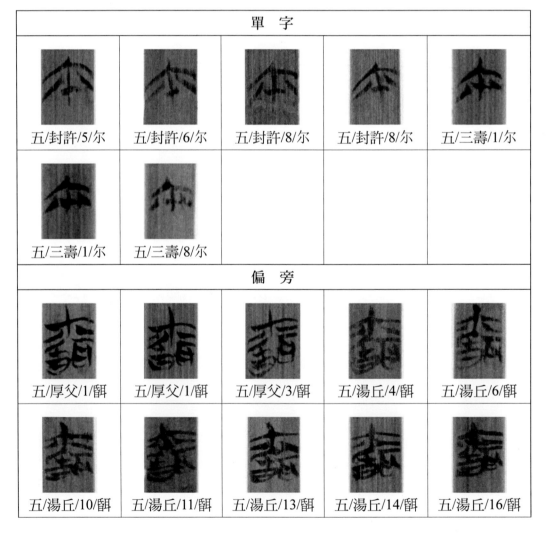（《合集》5134）。金文形體寫作: 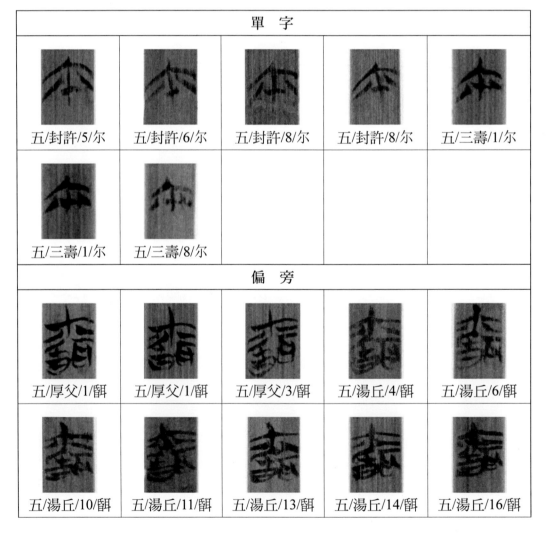（《束鼎》），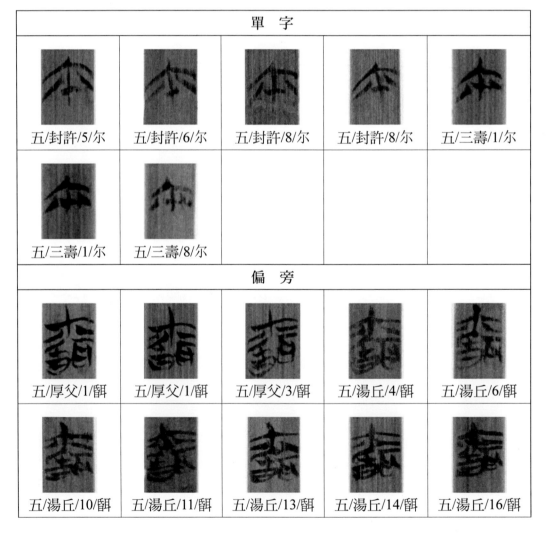（《束作父辛卣》）。于省吾釋形作:「束字有一鋒、兩鋒、三鋒、四鋒等形，乃刺殺人和物的一種利器。總之，束為刺之古文。」〔註372〕

348 尔

單 字				
五/封許/5/尔	五/封許/6/尔	五/封許/8/尔	五/封許/8/尔	五/三壽/1/尔
五/三壽/1/尔	五/三壽/8/尔			
偏 旁				
五/厚父/1/䎶	五/厚父/1/䎶	五/厚父/3/䎶	五/湯丘/4/䎶	五/湯丘/6/䎶
五/湯丘/10/䎶	五/湯丘/11/䎶	五/湯丘/13/䎶	五/湯丘/14/䎶	五/湯丘/16/䎶

〔註372〕于省吾:《甲骨文字釋林》，頁176。

五/湯丘/17/䤩	五/湯丘/18/䤩	五/湯門/1/䤩	五/湯門/3/䤩	五/湯門/5/䤩
五/湯門/10/䤩	五/湯門/11/䤩	五/湯門/18/䤩	五/湯門/19/䤩	五/三壽/1/䤩
五/三壽/2/䤩	五/三壽/4/䤩	五/三壽/4/䤩	五/三壽/5/䤩	五/三壽/5/䤩
五/三壽/6/䤩	五/三壽/6/䤩	五/三壽/7/䤩	五/三壽/7/䤩	五/三壽/8/䤩
五/三壽/12/䤩	五/三壽/14/䤩	五/三壽/24/䤩	五/三壽/24/䤩	五/三壽/27/䤩
六/管仲/1/䤩	六/管仲/2/䤩	六/管仲/3/䤩	六/管仲/3/䤩	六/管仲/5/䤩
六/管仲/7/䤩	六/管仲/8/䤩	六/管仲/9/䤩	六/管仲/11/䤩	六/管仲/12/䤩
六/管仲/14/䤩	六/管仲/16/䤩	六/管仲/17/䤩	六/管仲/20/䤩	六/管仲/21/䤩

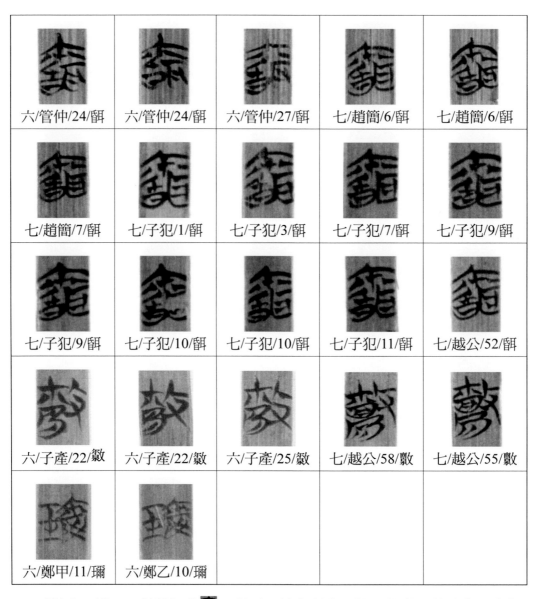

六/管仲/24/顥	六/管仲/24/顥	六/管仲/27/顥	七/趙簡/6/顥	七/趙簡/6/顥
七/趙簡/7/顥	七/子犯/1/顥	七/子犯/3/顥	七/子犯/7/顥	七/子犯/9/顥
七/子犯/9/顥	七/子犯/10/顥	七/子犯/10/顥	七/子犯/11/顥	七/越公/52/顥
六/子產/22/斅	六/子產/22/斅	六/子產/25/斅	七/越公/58/斅	七/越公/55/斅
六/鄭甲/11/瓕	六/鄭乙/10/瓕			

　　《說文‧卷三‧㸚部》：「　，麗爾，猶靡麗也。从冂从㸚，其孔㸚，尒聲。此與爽同意。」甲骨文形體寫作：麻（《合集》3297），林（《合集》6943）。金文形體寫作：　（《何尊》），　（《史牆盤》）。張亞初：「上象刺字，下面三豎畫上都遍布刺形，上下左右都是芒刺形，這就是表示遍與滿的爾字的造字本意。」〔註373〕

〔註373〕張亞初：〈古文字源流疏證釋例〉《古文字研究（第21輯）》，頁373。

349　古

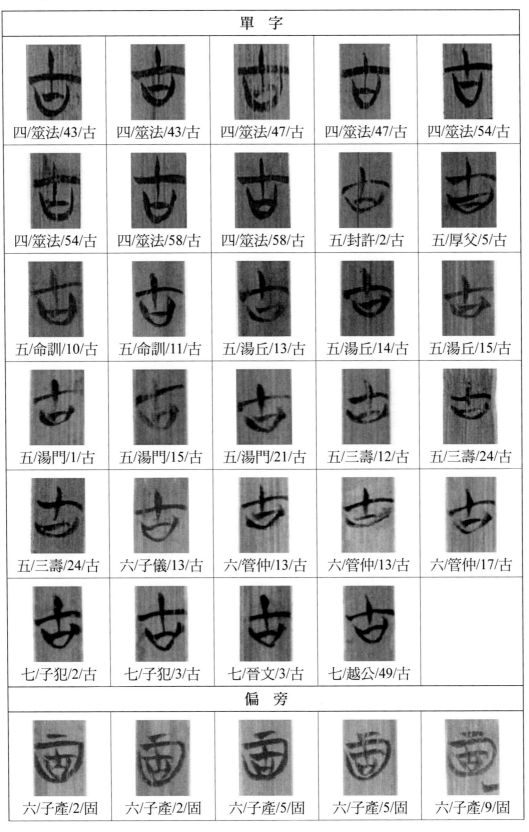

單 字				
四/筮法/43/古	四/筮法/43/古	四/筮法/47/古	四/筮法/47/古	四/筮法/54/古
四/筮法/54/古	四/筮法/58/古	四/筮法/58/古	五/封許/2/古	五/厚父/5/古
五/命訓/10/古	五/命訓/11/古	五/湯丘/13/古	五/湯丘/14/古	五/湯丘/15/古
五/湯門/1/古	五/湯門/15/古	五/湯門/21/古	五/三壽/12/古	五/三壽/24/古
五/三壽/24/古	六/子儀/13/古	六/管仲/13/古	六/管仲/13/古	六/管仲/17/古
七/子犯/2/古	七/子犯/3/古	七/晉文/3/古	七/越公/49/古	

偏 旁				
六/子產/2/固	六/子產/2/固	六/子產/5/固	六/子產/5/固	六/子產/9/固

六/子產/26/固	六/子產/27/固	六/子產/29/固	五/命訓/2/居	五/命訓/2/居
五/三壽/20/居	七/子犯/7/居	七/越公/50/居	六/鄭甲/4/故	六/鄭甲/5/故
六/鄭乙/4/故	七/越公/11/故	四/筮法/47/殆	四/筮法/48/殆	七/子犯/12/殆
五/湯門/7/胇	六/鄭乙/胡	七/越公/23/沽	六/子產/25/姑	六/子產/2/刼
六/鄭武/15/耆	六/子產/14/耆	七/子犯/1/耆	五/湯門/5/耆	七/越公/55/耆
四/別卦/2/敁	六/鄭甲/5/盾	六/鄭乙/5/盾	六/鄭甲/8/戎	六/鄭乙/7/戎

　　《說文・卷四・盾部》：「盾，瞂也。所以扞身蔽目。象形。凡盾之屬皆从盾。」甲骨文寫作：（《合集》20220），（《合集》21361），（《合集》16347），（《合集》6976）。金文寫作：（《秉盾簋》），（《小臣宅簋》），（《十五年曹鼎》）。甲骨文金文形體「盾」字為象形字，而後中部形體逐步寫成橫筆。〔註374〕

〔註374〕季師旭昇：《說文新證》，頁271。

350　由

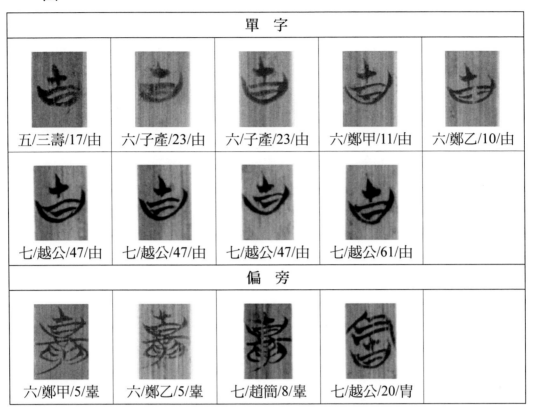

單　字				
五/三壽/17/由	六/子產/23/由	六/子產/23/由	六/鄭甲/11/由	六/鄭乙/10/由
七/越公/47/由	七/越公/47/由	七/越公/47/由	七/越公/61/由	
偏　旁				
六/鄭甲/5/犖	六/鄭乙/5/犖	七/趙簡/8/犖	七/越公/20/胄	

　　《說文・卷四・肉部》：「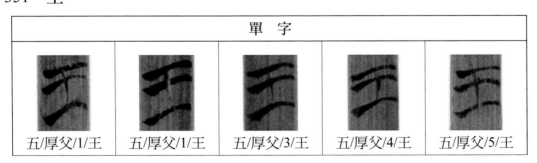，肩也。从肉由聲。」《說文解字注》：「甶，或繇字。古繇由通用一字也。各本無此篆。全書由聲之字皆無棍柢。今補。按詩、書、論語及他經傳皆用此字。其象形會意今不可知。或當从田有路可入也。韓詩横由其畝傳曰。東西曰横。南北曰由。毛詩由作從。」《說文》「胄」字從「由」聲。《段注》以「由」字為「繇」字的或體字。但「由」字當為甲胄象形字的初形：「由字，或作，象胄形。」〔註375〕

351　王

單　字				
五/厚父/1/王	五/厚父/1/王	五/厚父/3/王	五/厚父/4/王	五/厚父/5/王

〔註375〕唐蘭：《天壤閣甲骨文存考釋》，頁49～50。

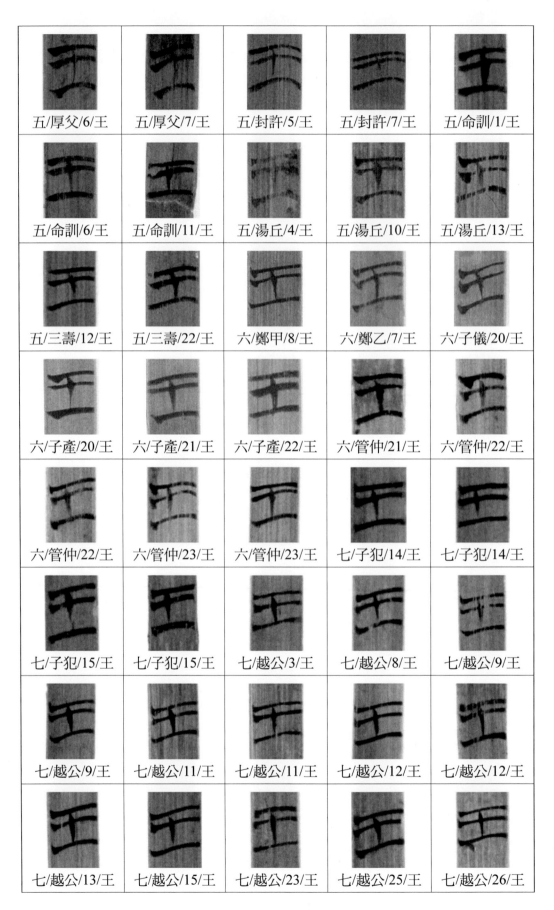

五/厚父/6/王	五/厚父/7/王	五/封許/5/王	五/封許/7/王	五/命訓/1/王
五/命訓/6/王	五/命訓/11/王	五/湯丘/4/王	五/湯丘/10/王	五/湯丘/13/王
五/三壽/12/王	五/三壽/22/王	六/鄭甲/8/王	六/鄭乙/7/王	六/子儀/20/王
六/子產/20/王	六/子產/21/王	六/子產/22/王	六/管仲/21/王	六/管仲/22/王
六/管仲/22/王	六/管仲/23/王	六/管仲/23/王	七/子犯/14/王	七/子犯/14/王
七/子犯/15/王	七/子犯/15/王	七/越公/3/王	七/越公/8/王	七/越公/9/王
七/越公/9/王	七/越公/11/王	七/越公/11/王	七/越公/12/王	七/越公/12/王
七/越公/13/王	七/越公/15/王	七/越公/23/王	七/越公/25/王	七/越公/26/王

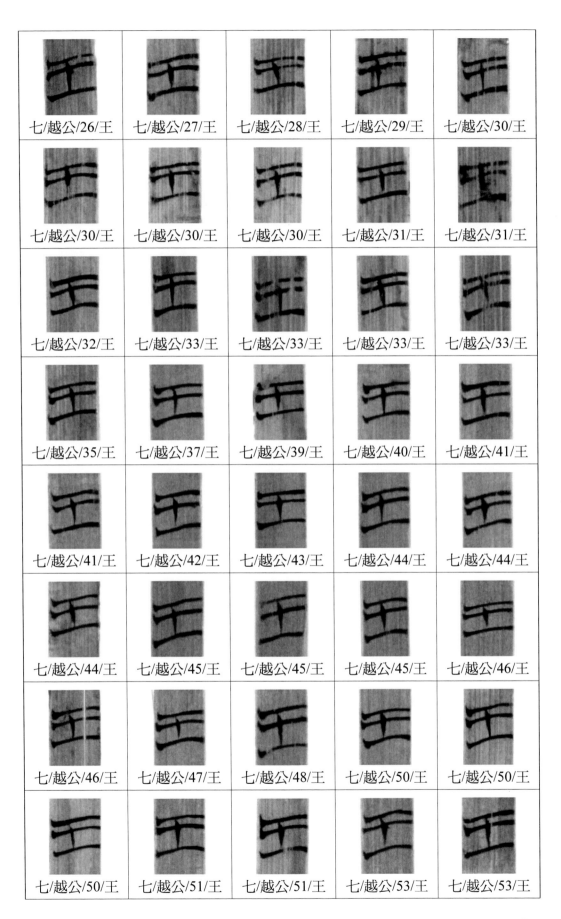

七/越公/26/王	七/越公/27/王	七/越公/28/王	七/越公/29/王	七/越公/30/王
七/越公/30/王	七/越公/30/王	七/越公/30/王	七/越公/31/王	七/越公/31/王
七/越公/32/王	七/越公/33/王	七/越公/33/王	七/越公/33/王	七/越公/33/王
七/越公/35/王	七/越公/37/王	七/越公/39/王	七/越公/40/王	七/越公/41/王
七/越公/41/王	七/越公/42/王	七/越公/43/王	七/越公/44/王	七/越公/44/王
七/越公/44/王	七/越公/45/王	七/越公/45/王	七/越公/45/王	七/越公/46/王
七/越公/46/王	七/越公/47/王	七/越公/48/王	七/越公/50/王	七/越公/50/王
七/越公/50/王	七/越公/51/王	七/越公/51/王	七/越公/53/王	七/越公/53/王

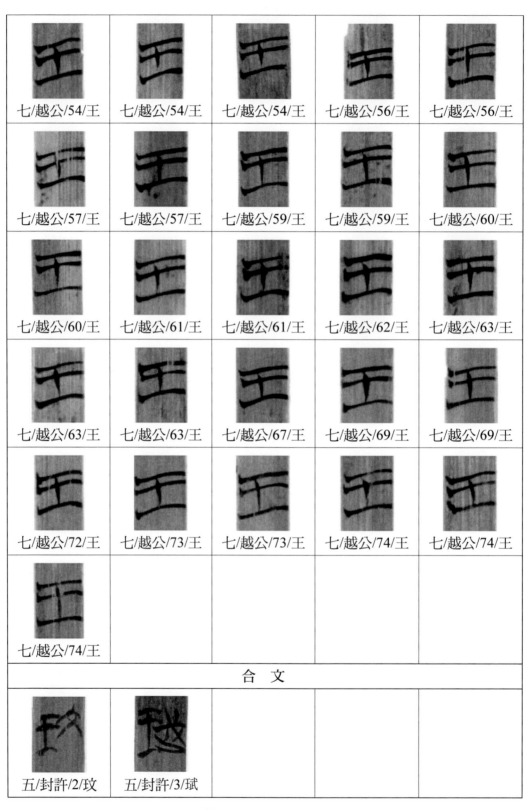

七/越公/54/王	七/越公/54/王	七/越公/54/王	七/越公/56/王	七/越公/56/王
七/越公/57/王	七/越公/57/王	七/越公/59/王	七/越公/59/王	七/越公/60/王
七/越公/60/王	七/越公/61/王	七/越公/61/王	七/越公/62/王	七/越公/63/王
七/越公/63/王	七/越公/63/王	七/越公/67/王	七/越公/69/王	七/越公/69/王
七/越公/72/王	七/越公/73/王	七/越公/73/王	七/越公/74/王	七/越公/74/王
七/越公/74/王				
合　文				
五/封許/2/玟	五/封許/3/鈱			

《說文・卷一・王部》：「王，天下所歸往也。董仲舒曰：『古之造文者，三畫而連其中謂之王。三者，天、地、人也，而參通之者王也。』孔子曰：『一貫三為王。』凡王之屬皆从王。〔李陽冰曰：『中畫近上。王者，則天之

義。』〕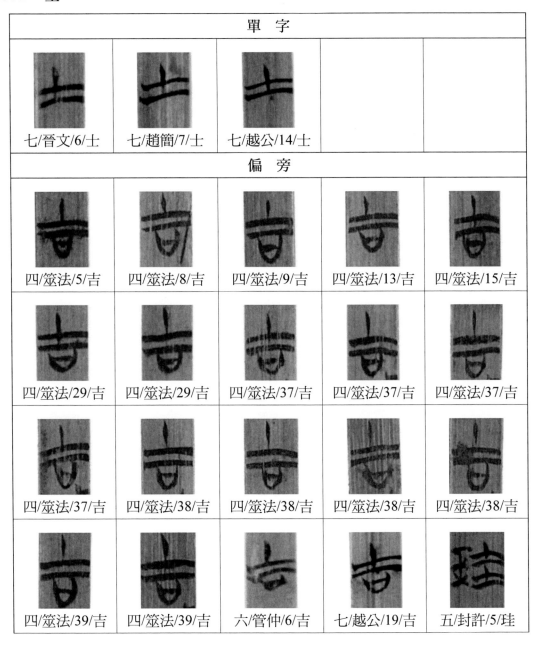古文王。」甲骨文形體寫作：大（《合集》20530），玉（《合集》23811），王（《拾遺六》27）。金文形體寫作：王（《昭鼎》），王（《靜簋》），王（《大鼎》）。「王」字：「象斧鉞之刀鋒向下者，斧鉞為軍事統率權之象徵，因以稱王。」〔註376〕

352　士

單　字				
七/晉文/6/士	七/趙簡/7/士	七/越公/14/士		
偏　旁				
四/筮法/5/吉	四/筮法/8/吉	四/筮法/9/吉	四/筮法/13/吉	四/筮法/15/吉
四/筮法/29/吉	四/筮法/29/吉	四/筮法/37/吉	四/筮法/37/吉	四/筮法/37/吉
四/筮法/37/吉	四/筮法/38/吉	四/筮法/38/吉	四/筮法/38/吉	四/筮法/38/吉
四/筮法/39/吉	四/筮法/39/吉	六/管仲/6/吉	七/越公/19/吉	五/封許/5/珪

〔註376〕季師旭昇：《說文新證》，頁52。

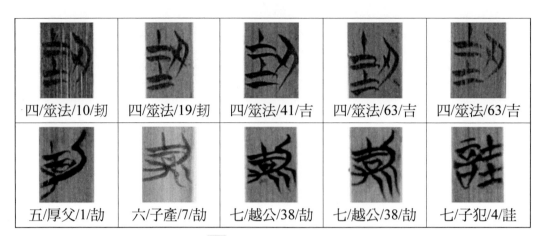

四/筮法/10/靱	四/筮法/19/靱	四/筮法/41/吉	四/筮法/63/吉	四/筮法/63/吉
五/厚父/1/劼	六/子產/7/劼	七/越公/38/劼	七/越公/38/劼	七/子犯/4/詰

　　《說文・卷一・士部》:「![士],事也。數始於一,終於十。從一從十。孔子曰:『推十合一為士。』凡士之屬皆从士。」甲骨文未見獨體「士」形,從「士」的「吉」字寫作:,,![字](《西周》H11.189)。金文形體寫作:,,。季師釋形作:「士字之形近於斧斤,或即鎡錤之初文。……鎡錤為勞動之工具,故以示士人。」〔註377〕

353 戉

單　字				
五/命訓/7/戉	五/命訓/7/戉			
偏　旁				
七/越公/56/鄺	七/越公/73/鄺			

　　《說文・卷十二・戉部》:「![戉],斧也。从戈ㄑ聲。《司馬法》曰:『夏執玄戉,殷執白戚,周左杖黃戉,右秉白髦。』凡戉之屬皆从戉。」甲骨文形體寫作:。金文形體寫作:。「戉」為象形字,為圓刃長柄斧。〔註378〕

〔註377〕季師旭昇:《說文新證》,頁60。
〔註378〕季師旭昇:《說文新證》,頁865。

354　戌

單　字				
四/箓法/56/戌	四/箓法/56/戌			
偏　旁				
五/厚父/2/咸	五/厚父/7/咸	五/湯門/17 咸	六/子產/25/咸	五/厚父/1/蔵
四/箓法/28/成	四/箓法/29/成	四/箓法/31/成	五/封許/1/成	五/封許/1/成
五/封許/3/成	五/命訓/13/成	五/命訓/14/成	五/湯丘/3/成	五/湯門/2/成
五/湯門/2/成	五/湯門/2/成	五/湯門/2/成	五/湯門/3/成	五/湯門/3/成
五/湯門/3/成	五/湯門/3/成	五/湯門/4/成	五/湯門/4/成	五/湯門/4/成
五/湯門/4/成	五/湯門/8/成	五/湯門/10/成	五/湯門/13/成	五/湯門/14/成

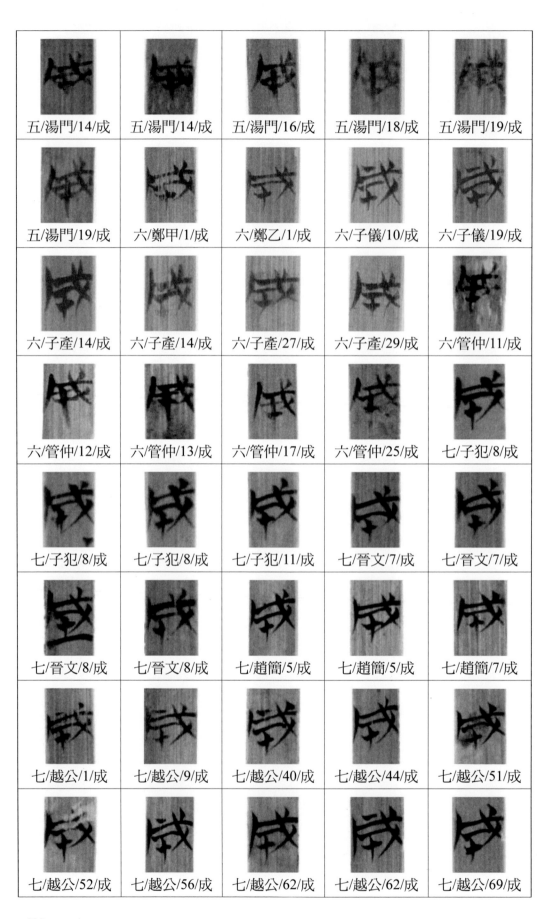

五/湯門/14/成	五/湯門/14/成	五/湯門/16/成	五/湯門/18/成	五/湯門/19/成
五/湯門/19/成	六/鄭甲/1/成	六/鄭乙/1/成	六/子儀/10/成	六/子儀/19/成
六/子產/14/成	六/子產/14/成	六/子產/27/成	六/子產/29/成	六/管仲/11/成
六/管仲/12/成	六/管仲/13/成	六/管仲/17/成	六/管仲/25/成	七/子犯/8/成
七/子犯/8/成	七/子犯/8/成	七/子犯/11/成	七/晉文/7/成	七/晉文/7/成
七/晉文/8/成	七/晉文/8/成	七/趙簡/5/成	七/趙簡/5/成	七/趙簡/7/成
七/越公/1/成	七/越公/9/成	七/越公/40/成	七/越公/44/成	七/越公/51/成
七/越公/52/成	七/越公/56/成	七/越公/62/成	七/越公/62/成	七/越公/69/成

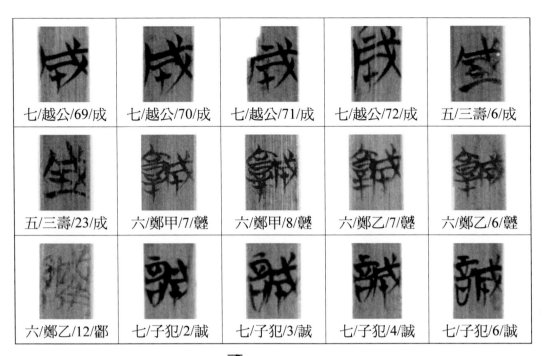

七/越公/69/戌	七/越公/70/戌	七/越公/71/戌	七/越公/72/戌	五/三壽/6/戌
五/三壽/23/戌	六/鄭甲/7/叀	六/鄭甲/8/叀	六/鄭乙/7/叀	六/鄭乙/6/叀
六/鄭乙/12/勸	七/子犯/2/誠	七/子犯/3/誠	七/子犯/4/誠	七/子犯/6/誠

　　《說文・卷十四・戌部》：「，滅也。九月，陽气微，萬物畢成，陽下入地也。五行，土生於戊，盛於戌。从戊含一。凡戌之屬皆从戌。」甲骨文形體寫作：𠮷（《合集》30564），戌（《合集》37673），𠂤（《合集》22594）。金文形體寫作：戌（《呂方鼎》），戌（《頌壺》）。「戌」當為斧鉞類兵器象形，假借為地支名。〔註379〕

355　戚

單　字				
五/湯門/9/戚				
偏　旁				
七/越公/46/慼				

　　《說文・卷十二・戉部》：「戚，戉也。从戉尗聲。」甲骨文形體寫作：

〔註379〕季師旭昇：《說文新證》，頁985。

（《合集》22496），（《合集》2194），（《合集》325353）。金文形體寫作：（《戚姬簋》）。「戚」字當為象形字，象某種長柄有牙齒狀突出物的戉形兵器。〔註380〕

356 我

單字				
五/湯丘/8/我	五/湯丘/9/我	五/湯丘/9/我	五/湯丘/14/我	五/三壽/8/我
五/三壽/8/我	五/三壽/23/義	六/子儀/17/義	六/子儀/17/義	六/子產/18/義
六/子產/18/義	六/子產/18/義	七/子犯/3/我	七/子犯/10/我	七/越公/12/我
七/越公/13/我	七/越公/19/我			
偏 旁				
五/命訓/2/義	五/命訓/2/義	五/命訓/2/義	五/湯丘/7/義	五/湯門/13/義
五/三壽/13/義	五/三壽/16/義	五/三壽/17/義	五/厚父/13/義	六/子儀/3/義

〔註380〕季師旭昇：《說文新證》，頁866。

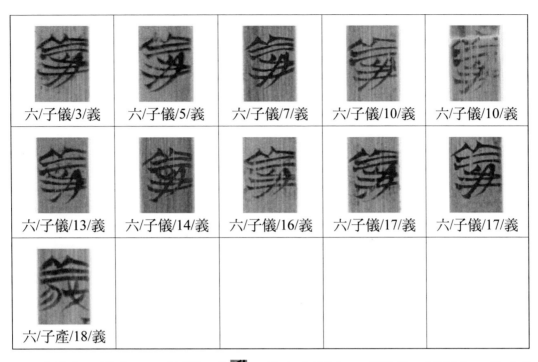

《說文・卷十二・我部》：「，施身自謂也。或說我，頃頓也。从戈从
扙。扙，或說古垂字。一曰古殺字。凡我之屬皆从我。，古文我。」甲骨
文形體寫作：扙（《合集》00584），扙（《花東》183），扙（《合集》21739），
扙（《合集》32444）。金文形體寫作：扙（《毓且丁卣》），扙（《麩簋》），扙
（《散氏盤》）。「我」字當為象形字，象一種有鋸齒的長柄兵器。假借為人稱
代詞。〔註381〕

357 刀

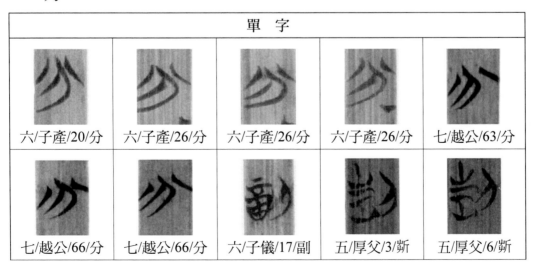

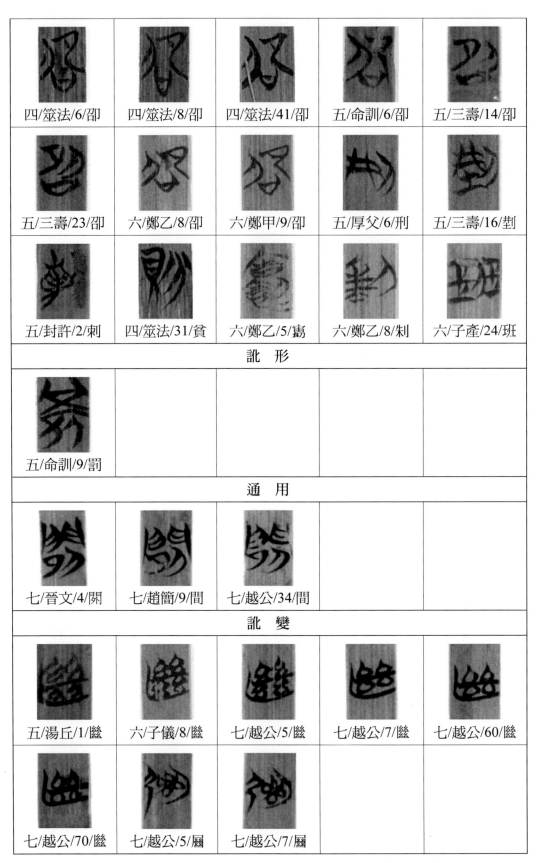

四/筮法/6/卲	四/筮法/8/卲	四/筮法/41/卲	五/命訓/6/卲	五/三壽/14/卲
五/三壽/23/卲	六/鄭乙/8/卲	六/鄭甲/9/卲	五/厚父/6/刑	五/三壽/16/剴
五/封許/2/刺	四/筮法/31/貧	六/鄭乙/5/鸋	六/鄭乙/8/制	六/子產/24/班

訛　形

五/命訓/9/罰				

通　用

七/晉文/4/閖	七/趙簡/9/間	七/越公/34/間		

訛　變

五/湯丘/1/鬸	六/子儀/8/鬸	七/越公/5/鬸	七/越公/7/鬸	七/越公/60/鬸
七/越公/70/鬸	七/越公/5/屬	七/越公/7/屬		

《說文・卷四・刀部》：「刀，兵也。象形。凡刀之屬皆从刀。」甲骨文形

體寫作：∫（《合集》32625），イ（《合集》21484）。金文從「刀」形的「初」字寫作：（《奢簋》），從「刀」的「則」寫作（《柞伯簋》）。「刀」字是獨體象形字，象刀兵之形。

358　刃

單 字				
七/越公/11/刃	七/越公/20/刃	七/越公/21/刃		
偏 旁				
五/命訓/13/仞	五/命訓/13/仞	六/鄭武/11/忍	七/子犯/2/刃	七/越公/4/忍
五/湯丘/16/分	五/命訓/6/邵	五/命訓/10/邵	五/湯門/8/鬠	五/湯門/17/解
五/湯門/20/解	六/子產/17/纏	六/管仲/21/解	五/湯門/7刑	五/湯門/11/剄
五/湯門/13/剄	五/湯門/13/剄	五/湯門/17/剄	五/湯門/17/剄	五/湯門/17/剄
五/湯丘/12/剄	五/封許/3/剄	六/鄭甲/10/剄	六/管仲/9/剄	六/管仲/20/剄

六/子產/5/剷	六/子產/25/剷	六/子產/25/剷	六/子產/25/為	六/子產/26/剷
七/晉文/7/刑	七/子犯/9/刑	七/越公/12/剷	七/子犯/13/剷	七/越公/53/刑
七/越公/12/剷	六/管仲/9 叚	七/越公/28/砭	七/越公/28/砭	七/越公/10/罰
四/筮法/10/刱	四/筮法/19/刱	四/筮法/41/刱	四/筮法/63/刱	四/筮法/63/刱
六/鄭甲/10/刺	七/子犯/15/刺	六/子產/21/刺	六/鄭乙/6/關	七/晉文/4/關
五/命訓/9/罰	五/命訓/10/罰	五/命訓/11/罰	五/命訓/12/罰	五/命訓/12/罰
五/三壽/16/罰	五/三壽/26/罰	七/晉文/7/罰	七/子犯/9/罰	七/越公/27/罰
七/越公/39/罰	七/越公/47/罰	七/越公/57/罰	七/越公/30/初	七/越公/39/初

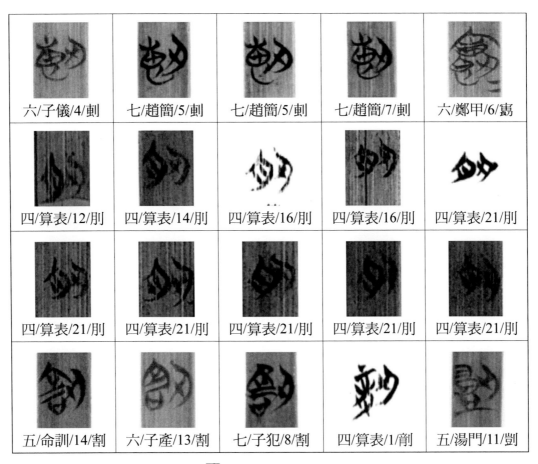

六/子儀/4/剚	七/趙簡/5/剚	七/趙簡/5/剚	七/趙簡/7/剚	六/鄭甲/6/寯
四/算表/12/剀	四/算表/14/剀	四/算表/16/剀	四/算表/16/剀	四/算表/21/剀
四/算表/21/剀	四/算表/21/剀	四/算表/21/剀	四/算表/21/剀	四/算表/21/剀
五/命訓/14/割	六/子產/13/割	七/子犯/8/割	四/算表/1/剬	五/湯門/11/劃

　　《說文・卷四・刃部》：「 刃 ，刀堅也。象刀有刃之形。凡刃之屬皆从刃。」甲骨文形體寫作： 刃 （《合集》19956）， 刃 （《合集》117）。裘錫圭指出：刃為指事字，在刀刃的部分增加綫條表示指示刀刃的部分。〔註382〕

359　勿

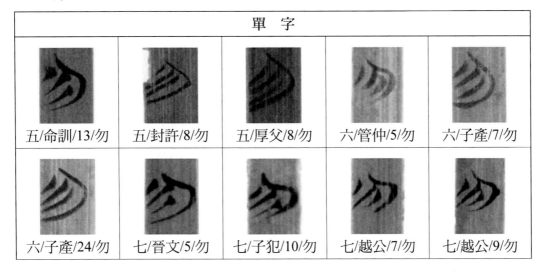

單　字				
五/命訓/13/勿	五/封許/8/勿	五/厚父/8/勿	六/管仲/5/勿	六/子產/7/勿
六/子產/24/勿	七/晉文/5/勿	七/子犯/10/勿	七/越公/7/勿	七/越公/9/勿

〔註382〕裘錫圭：〈釋「無終」〉《裘錫圭學術文集（卷三）》，頁62。

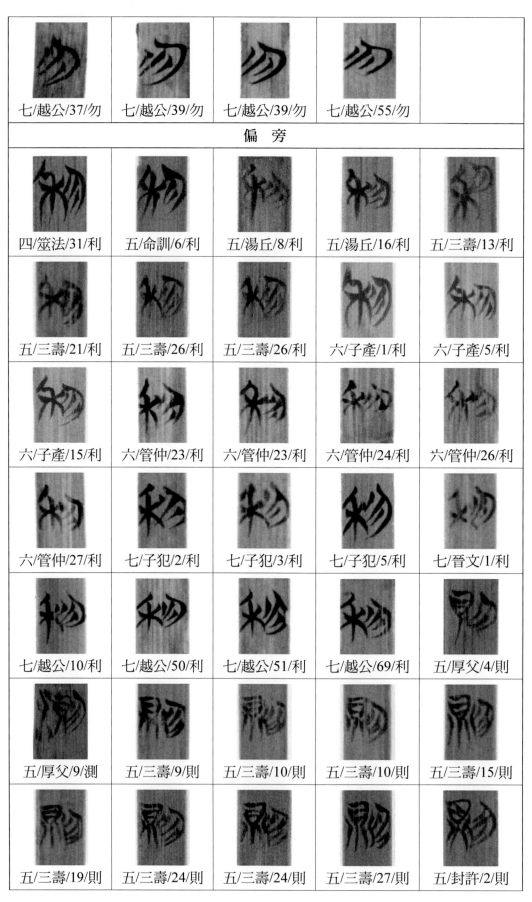

七/越公/37/勿	七/越公/39/勿	七/越公/39/勿	七/越公/55/勿	

偏　旁

四/筮法/31/利	五/命訓/6/利	五/湯丘/8/利	五/湯丘/16/利	五/三壽/13/利
五/三壽/21/利	五/三壽/26/利	五/三壽/26/利	六/子產/1/利	六/子產/5/利
六/子產/15/利	六/管仲/23/利	六/管仲/23/利	六/管仲/24/利	六/管仲/26/利
六/管仲/27/利	七/子犯/2/利	七/子犯/3/利	七/子犯/5/利	七/晉文/1/利
七/越公/10/利	七/越公/50/利	七/越公/51/利	七/越公/69/利	五/厚父/4/則
五/厚父/9/測	五/三壽/9/則	五/三壽/10/則	五/三壽/10/則	五/三壽/15/則
五/三壽/19/則	五/三壽/24/則	五/三壽/24/則	五/三壽/27/則	五/封許/2/則

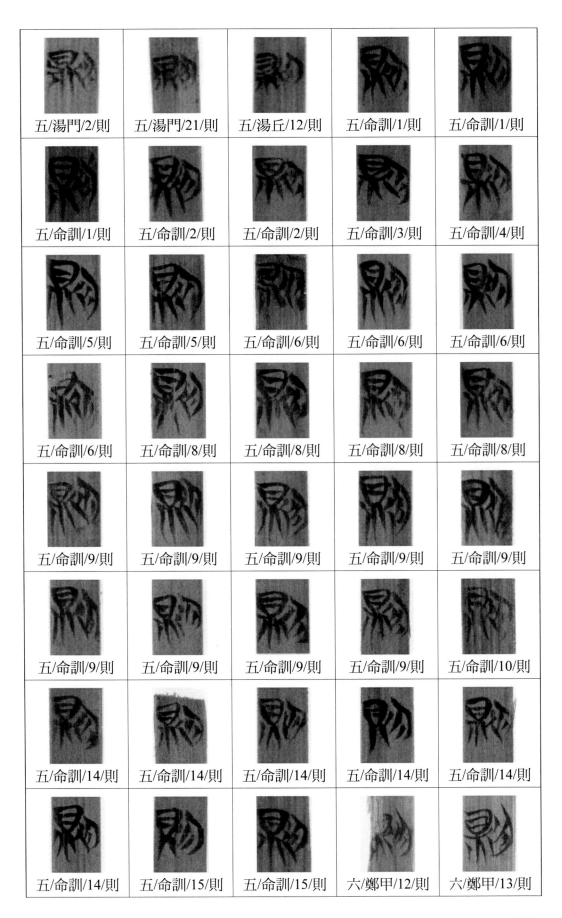

五/湯門/2/則	五/湯門/21/則	五/湯丘/12/則	五/命訓/1/則	五/命訓/1/則
五/命訓/1/則	五/命訓/2/則	五/命訓/2/則	五/命訓/3/則	五/命訓/4/則
五/命訓/5/則	五/命訓/5/則	五/命訓/6/則	五/命訓/6/則	五/命訓/6/則
五/命訓/6/則	五/命訓/8/則	五/命訓/8/則	五/命訓/8/則	五/命訓/8/則
五/命訓/9/則	五/命訓/9/則	五/命訓/9/則	五/命訓/9/則	五/命訓/9/則
五/命訓/9/則	五/命訓/9/則	五/命訓/9/則	五/命訓/9/則	五/命訓/10/則
五/命訓/14/則	五/命訓/14/則	五/命訓/14/則	五/命訓/14/則	五/命訓/14/則
五/命訓/14/則	五/命訓/15/則	五/命訓/15/則	六/鄭甲/12/則	六/鄭甲/13/則

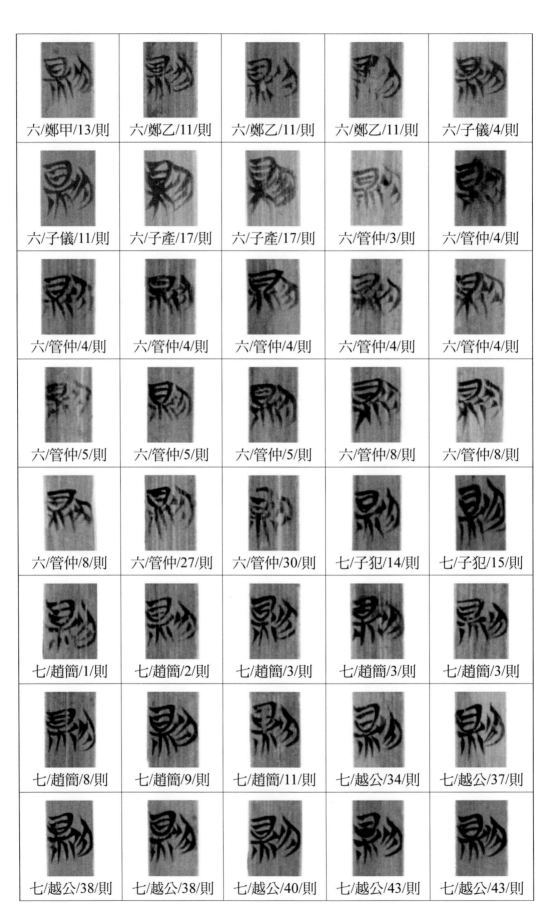

六/鄭甲/13/則	六/鄭乙/11/則	六/鄭乙/11/則	六/鄭乙/11/則	六/子儀/4/則
六/子儀/11/則	六/子產/17/則	六/子產/17/則	六/管仲/3/則	六/管仲/4/則
六/管仲/4/則	六/管仲/4/則	六/管仲/4/則	六/管仲/4/則	六/管仲/4/則
六/管仲/5/則	六/管仲/5/則	六/管仲/5/則	六/管仲/8/則	六/管仲/8/則
六/管仲/8/則	六/管仲/27/則	六/管仲/30/則	七/子犯/14/則	七/子犯/15/則
七/趙簡/1/則	七/趙簡/2/則	七/趙簡/3/則	七/趙簡/3/則	七/趙簡/3/則
七/趙簡/8/則	七/趙簡/9/則	七/趙簡/11/則	七/越公/34/則	七/越公/37/則
七/越公/38/則	七/越公/38/則	七/越公/40/則	七/越公/43/則	七/越公/43/則

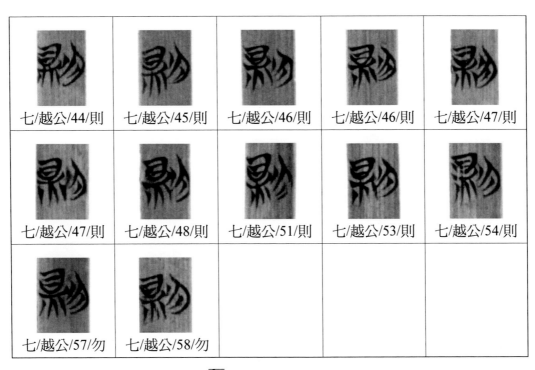

七/越公/44/則	七/越公/45/則	七/越公/46/則	七/越公/46/則	七/越公/47/則
七/越公/47/則	七/越公/48/則	七/越公/51/則	七/越公/53/則	七/越公/54/則
七/越公/57/勿	七/越公/58/勿			

《說文・卷九・勿部》：「，州里所建旗。象其柄，有三遊。雜帛，幅半異。所以趣民，故遽稱勿勿。凡勿之屬皆从勿。勿或从於。」甲骨文形體寫作：𠄠（《合集》32），𠄟（《合集》16），𠄟（《合集》11181）。金文形體寫作：𠄟（《大盂鼎》），𠄟（《毛公鼎》）。裘錫圭釋形以為，「勿」當為「刎」之初文，刀刃旁的小點畫或為刀所割取的物品或血水。〔註383〕

360 亡

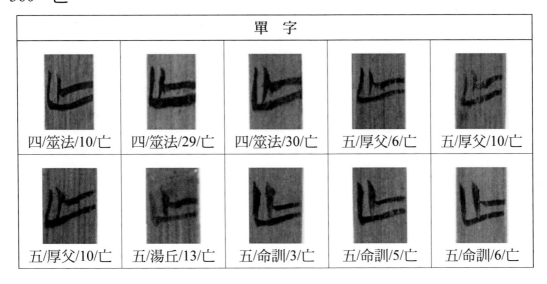

單 字				
四/筮法/10/亡	四/筮法/29/亡	四/筮法/30/亡	五/厚父/6/亡	五/厚父/10/亡
五/厚父/10/亡	五/湯丘/13/亡	五/命訓/3/亡	五/命訓/5/亡	五/命訓/6/亡

〔註383〕裘錫圭：〈釋「勿」、「發」〉《裘錫圭學術文集（卷一）》，頁581。

五/命訓/9/亡	五/命訓/10/亡	五/命訓/14/亡	五/湯門/2/亡	五/湯門/14/亡
五/湯門/15/亡	五/湯門/15/亡	五/湯門/16/亡	五/湯門/17/亡	五/三壽/8/亡
五/三壽/24/亡	六/鄭武/3/亡	六/鄭武/17/亡	六/鄭甲/12/亡	六/鄭甲/12/亡
六/鄭甲/13/亡	六/鄭甲/13/亡	六/鄭甲/13/亡	六/鄭乙/11/亡	六/鄭乙/11/亡
六/鄭乙/11/亡	六/鄭乙/11/亡	六/鄭乙/11/亡	六/子儀/5/亡	六/子儀/17/亡
六/子產/3/亡	六/子產/3/亡	六/子產/4/亡	六/子產/4/亡	六/子產/6/亡
六/子產/7/亡	六/子產/9/亡	六/子產/9/亡	六/子產/10/亡	六/子產/19/亡
六/子產/22/之	六/子產/25/之	六/管仲/4/亡	六/管仲/5/亡	六/管仲/19/亡

六/管仲/19/亡	七/子犯/14/亡	七/子犯/15/亡	七/越公/16/亡	七/越公/19/亡
七/越公/22/亡	七/越公/28/亡	七/越公/34/亡	七/越公/41/亡	七/越公/42/亡
七/越公/43/亡	七/越公/51/亡	七/越公/52/亡	七/越公/58/亡	七/越公/59/亡

偏　旁

五/命訓/11/秅	五/三壽/22/罔	五/三壽/26/忘	六/子儀/6/望	六/子儀/19/芒
七/越公/21/狅	七/越公/32/肶	七/越公/58/狅		

類　化

五/厚父/1/良	五/厚父/2/良	五/厚父/11/良	五/湯門/21/良	六/鄭武/4/良
六/鄭武/8/良	六/子產/2/良	六/管仲/23/良	六/管仲/21/良	七/子犯/1/良

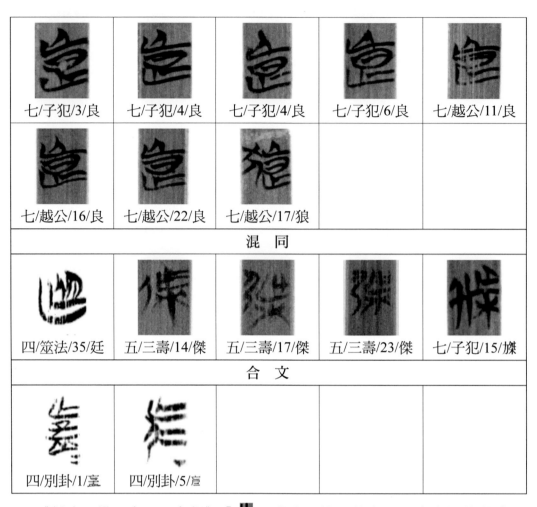

七/子犯/3/良	七/子犯/4/良	七/子犯/4/良	七/子犯/6/良	七/越公/11/良
七/越公/16/良	七/越公/22/良	七/越公/17/狼		
混　同				
四/筮法/35/廷	五/三壽/14/傑	五/三壽/17/傑	五/三壽/23/傑	七/子犯/15/㯱
合　文				
四/別卦/1/壸	四/別卦/5/壸			

　　《說文・卷・十二・亡部》：「 ，逃也。从入从乚。凡亡之屬皆从亡。」甲骨文形體寫作： （《乙》737）， （《合集》369）， （《合集》19399）， （《合集》39083）， （《西周》H：1.113）。金文形體寫作： （《亡終戈》）， （《天亡簋》）， （《班簋》）， （《杞伯每亡簋》）。裘先生提出，亡終戈這樣的形體 形當為「亡」字的初文，以只是符號標誌在刀刃上，表示「鋒芒」之意。〔註384〕

361　方

單　字				

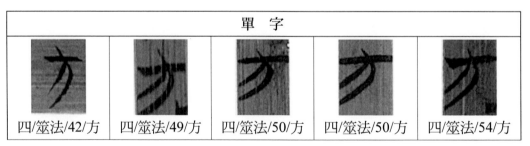

四/筮法/42/方	四/筮法/49/方	四/筮法/50/方	四/筮法/50/方	四/筮法/54/方

〔註384〕裘錫圭：〈釋「無終」〉《裘錫圭學術文集（卷三）》，頁62。

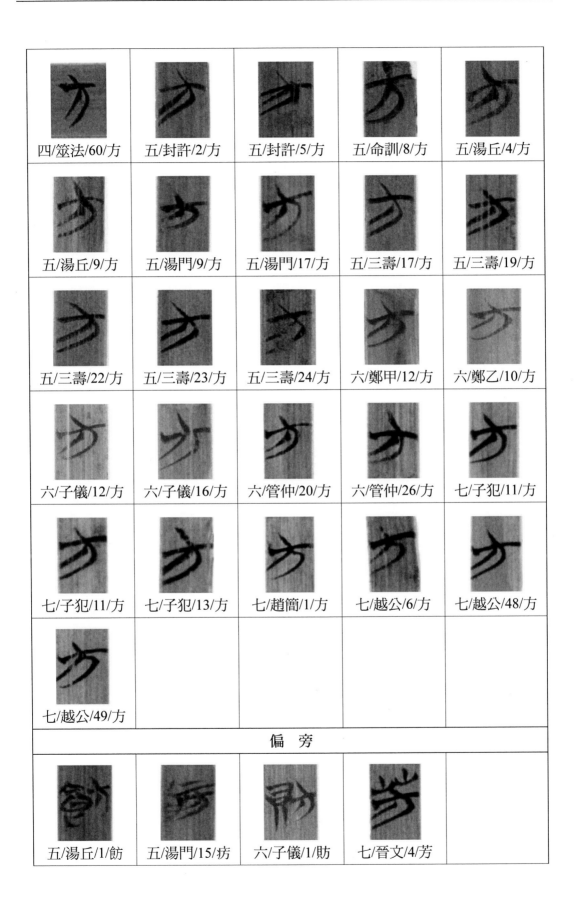

四/筮法/60/方	五/封許/2/方	五/封許/5/方	五/命訓/8/方	五/湯丘/4/方
五/湯丘/9/方	五/湯門/9/方	五/湯門/17/方	五/三壽/17/方	五/三壽/19/方
五/三壽/22/方	五/三壽/23/方	五/三壽/24/方	六/鄭甲/12/方	六/鄭乙/10/方
六/子儀/12/方	六/子儀/16/方	六/管仲/20/方	六/管仲/26/方	七/子犯/11/方
七/子犯/11/方	七/子犯/13/方	七/趙簡/1/方	七/越公/6/方	七/越公/48/方
七/越公/49/方				

偏 旁			
五/湯丘/1/魴	五/湯門/15/疠	六/子儀/1/貤	七/晉文/4/芳

混　同				
 六/管仲/13/罰				

　　《說文・卷八・方部》：「，併船也。象兩舟省、緫頭形。凡方之屬皆從方。方或从水。」甲骨文形體寫作：（《合集》137），（《合集》12855），（《合集》20483），（《合集》11018）。金文形體寫作：（《天亡簋》），（《史牆盤》），（《番生簋》）。「方」字是「亡」字的分化字，表示方圓之方。〔註385〕

362　或

單　字				
 五/厚父/4/或	 五/命訓/2/或	 五/湯丘/10/或	 五/湯丘/10/或	 五/湯丘/11/或
 五/湯丘/13/或	 五/湯丘/14/或	 五/湯丘/16/或	 五/湯丘/17/或	 五/湯丘/18/或
 五/湯門/3/或	 五/湯門/5/或	 五/湯門/7/或	 五/湯門/10/或	 五/湯門/11/或
 五/湯門/14/或	 五/湯門/17/或	 五/湯門/19/或	 五/三壽/5/或	 五/三壽/9/或

〔註385〕裘錫圭：〈釋「無終」〉《裘錫圭學術文集（卷三）》，頁62。

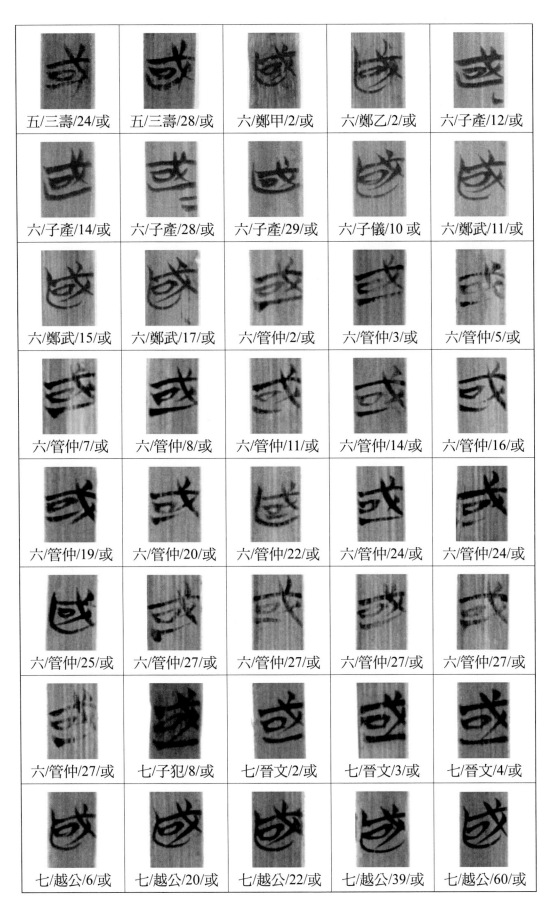

五/三壽/24/或	五/三壽/28/或	六/鄭甲/2/或	六/鄭乙/2/或	六/子產/12/或
六/子產/14/或	六/子產/28/或	六/子產/29/或	六/子儀/10 或	六/鄭武/11/或
六/鄭武/15/或	六/鄭武/17/或	六/管仲/2/或	六/管仲/3/或	六/管仲/5/或
六/管仲/7/或	六/管仲/8/或	六/管仲/11/或	六/管仲/14/或	六/管仲/16/或
六/管仲/19/或	六/管仲/20/或	六/管仲/22/或	六/管仲/24/或	六/管仲/24/或
六/管仲/25/或	六/管仲/27/或	六/管仲/27/或	六/管仲/27/或	六/管仲/27/或
六/管仲/27/或	七/子犯/8/或	七/晉文/2/或	七/晉文/3/或	七/晉文/4/或
七/越公/6/或	七/越公/20/或	七/越公/22/或	七/越公/39/或	七/越公/60/或

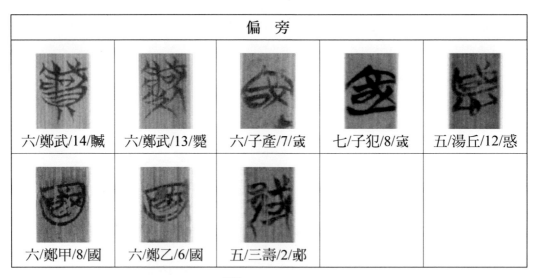

偏 旁				
六/鄭武/14/賦	六/鄭武/13/虁	六/子產/7/𢧄	七/子犯/8/𢧄	五/湯丘/12/惑
六/鄭甲/8/國	六/鄭乙/6/國	五/三壽/2/郂		

《說文・卷十二・戈部》:「，邦也。从口从戈，以守一。一，地也。」學者舊以為商代金文中的𢧄（《或作父癸方鼎》）字與周代金文中的𢦏（《保卣》）、𢧄（《何尊》）等字為「或」字初文。早期學者認為「或」字當為「域」字、「國」字的本字，左邊「口」形象都邑、疆土，右部以戈戍衛。如吳大澂:「或，古國字，從戈守，口象城有外垣。」〔註386〕林義光也提出:「或」、「域」、「國」初當為一字，後逐步分化。〔註387〕

以上幾則字例均從「口」，「口」旁或寫有表示疆界或範圍的筆畫。但著幾則字形字右均從「祕」而非「戈」。「祕」為先秦時期兵器的器柄，似乎無法表示戍守保衛的意思。在這一點上是原有學者在釋形上出現的疏忽。謝明文〈「或」字補說〉認為: 𢧄（《合集》22104）𢧄（《合集》21522）與商金文𢧄（《或尊》）𢧄（《篍或父癸甗》）當為「或」字初文。「或」字本義為某種長柄圓首兵器。

363 殳

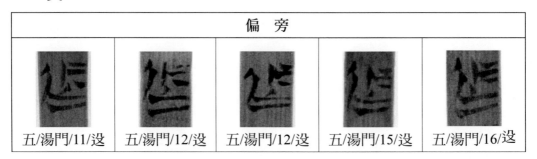

偏 旁				
五/湯門/11/役	五/湯門/12/役	五/湯門/12/役	五/湯門/15/役	五/湯門/16/役

〔註386〕周法高主編:《金文詁林》，頁6988。
〔註387〕林義光:《文源》，頁318。

 五/湯門/16/退	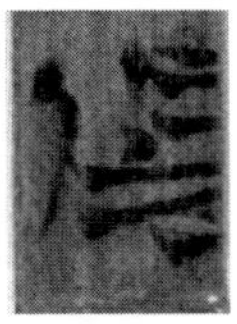 五/湯門/16/退	 五/厚父/10/役	 六/子產/14/退	 七/越公/28/退
 四/別卦/6/役	 七/越公/74/役			
混　同				
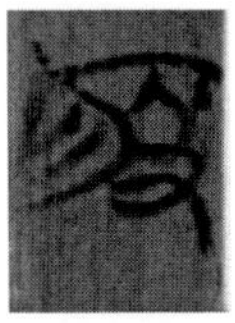 五/封許/7/殷				

《說文・卷三・殳部》：「，以杸殊人也。《禮》：『殳以積竹，八觚，長丈二尺，建於兵車，車旅賁以先驅。』从又几聲。凡殳之屬皆从殳。」楚簡文字中的「殳」似乎有三種形體：（「役」《越公其事》簡 74），（「退」《越公其事》簡 28）以及（「殷」《封許之命》簡 7）。第一種形體的甲骨文形體寫作：（《合集》21868），（《乙》1153）。金文形體寫作：（《十五年昔曹鼎》），（《柞伯鼎》）。林義光謂「象手持殳形，亦象手有所持以治物，故从殳之字與又攴同意。」〔註 388〕

其中，第二種形體的來源同另外兩種形體有所不同。趙平安提出，這種「殳」字的來源應當象從「又」持「㫃」之形體：（《史△壺》，《集成 9490》）。〔註 389〕

第三種形體是有第一種形體訛變而來，形體同楚簡中的「及」字混同。（《清華三・祝辭》簡 2），（《曾》簡 1）。

〔註 388〕林義光：《文源》，頁 236。

〔註 389〕趙平安：〈說「役」〉《金文釋讀與文明探索》，頁 79。

364 斤

單 字				
七/子犯/9/斤				
偏 旁				
四/筮法/54/兵	四/筮法/61/兵	五/三壽/11/兵	五/三壽/19/兵	六/子產/26/兵
六/子產/27/兵	七/越公/4/兵	七/越公/20/兵	七/越公/21/兵	七/越公/50/兵
七/越公/50/兵	七/越公/51/兵	七/越公/51/兵	七/越公/51/兵	七/越公/52/兵
七/越公/52/兵	七/越公/52/兵	七/越公/52/兵	七/越公/53/兵	七/越公/61/兵
四/筮法/39/所	四/筮法/40/所	五/厚父/10/所	五/厚父/10/所	五/命訓/10/所
五/湯丘/15/所	五/湯丘/16/所	五/湯丘/18/所	五/湯丘/18/所	五/湯丘/18/所

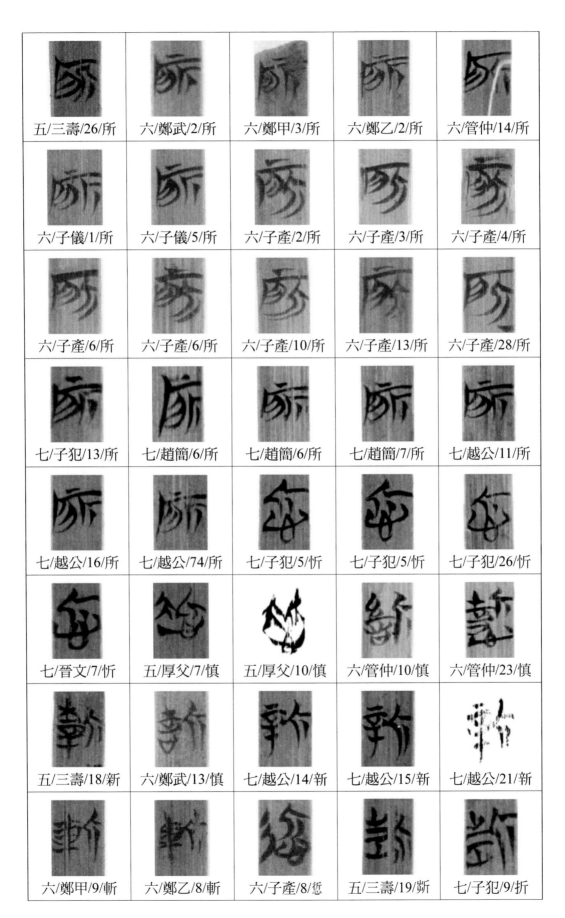

五/三壽/26/所	六/鄭武/2/所	六/鄭甲/3/所	六/鄭乙/2/所	六/管仲/14/所
六/子儀/1/所	六/子儀/5/所	六/子產/2/所	六/子產/3/所	六/子產/4/所
六/子產/6/所	六/子產/6/所	六/子產/10/所	六/子產/13/所	六/子產/28/所
七/子犯/13/所	七/趙簡/6/所	七/趙簡/6/所	七/趙簡/7/所	七/越公/11/所
七/越公/16/所	七/越公/74/所	七/子犯/5/忻	七/子犯/5/忻	七/子犯/26/忻
七/晉文/7/忻	五/厚父/7/慎	五/厚父/10/慎	六/管仲/10/慎	六/管仲/23/慎
五/三壽/18/新	六/鄭武/13/慎	七/越公/14/新	七/越公/15/新	七/越公/21/新
六/鄭甲/9/斬	六/鄭乙/8/斬	六/子產/8/愁	五/三壽/19/斵	七/子犯/9/折

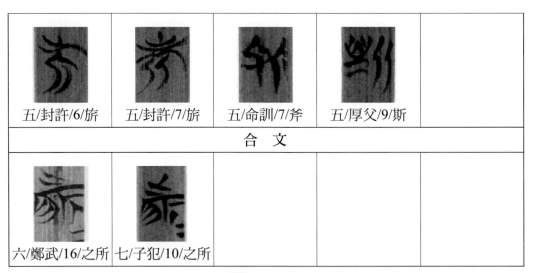

五/封許/6/旂	五/封許/7/旂	五/命訓/7/斧	五/厚父/9/斯	
合　文				
六/鄭武/16/之所	七/子犯/10/之所			

《說文·卷十四·斤部》:「⬚，斫木也。象形。凡斤之屬皆从斤。」
甲骨文形體寫作:⬚(《合集》21954),⬚(《南坊》4.204)。金文形體寫作:
⬚(《平宮鼎》),⬚(《頌鼎》)。季師釋形作:「象形字,象斫木斧也。」
〔註390〕

365 克

單　字				
五/厚父/8/克	五/厚父/9/克	五/厚父/11/克	五/厚父/12/克	六/鄭甲/5/克
六/鄭乙/6/克	七/晉文/7/克	七/晉文/7/克	七/越公/11/克	七/越公/13/克
七/越公/19/克				

〔註390〕季師旭昇:《說文新證》,頁 934。

偏　旁				
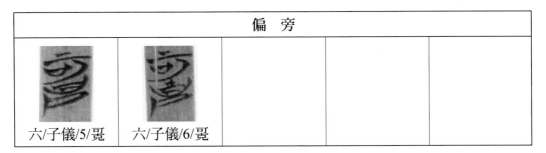 六/子儀/5/冕	六/子儀/6/冕			

《說文・卷七・克部》：「𠅏，肩也。象屋下刻木之形。凡克之屬皆从克。𠅏，古文克。𡘇，亦古文克。」甲骨文形體寫作：𠂤（《合集》19779），𠂤（《合集》114），𠂤（《合集》13709）。金文形體寫作：𡗗（《乃子克鼎》），𡗗（《沈子它簋蓋》），𡗗（《小克鼎》）。「克」字古文字從「由」從「皮」省。朱芳圃釋形作：「字上象胄形，下從皮省，當為鎧之初文，亦即甲胄之甲本字。」〔註391〕

366　卯

單　字				
四/筮法/55/卯	四/筮法/55/卯			
偏　旁				
五/封許/7/鉚	五/三壽/19/窗	五/封許/7/𤯰	六/鄭甲/7/鄙	六/鄭乙/6/鄙
七/子犯/5/轡				

《說文・卷十四・卯部》：「𱨺，冒也。二月，萬物冒地而出。象開門之形。故二月為天門。凡卯之屬皆从卯。𱨺古文卯。」甲骨文形體寫作：𭃇（《合集》19798），𭃇（《合集》14771），𭃇（《合集》16146）。王國維：「卜辭屢言卯幾牛，卯義未詳，賣、瘞、沈等同為用牲之名，以音言之，則卯與劉古

〔註391〕朱芳圃《甲骨文字釋叢（中）》，頁75。

音同部，柳留等字，篆文從 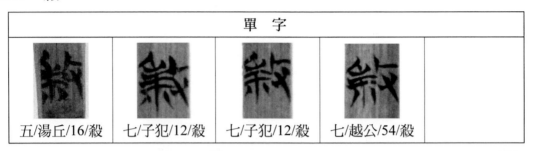 者，古文皆從卯，疑卯即劉之假借字。《釋詁》：『劉，殺也。』」〔註392〕

367 殺

單 字				
五/湯丘/16/殺	七/子犯/12/殺	七/子犯/12/殺	七/越公/54/殺	

《說文·卷三·殳部》：「殺，戮也。从殳杀聲。凡殺之屬皆从殺。𣪊，古文殺。𣪠，古文殺。𣪣，古文殺。」「殺」字右部所從形體較為複雜，學者對該形的來源以及表意多有討論。陳劍提出「殺」形的初文當為「蚊」，如： （《合集》190）， （《合集》38719）， （《合集》38720）， （《合集》38721）。金文形體寫作： （《鬲比鼎》）， （《庚壺》）。古文字中倒立的字形在演變過程中發生形體演變而失去本形，其他例子如「敢」、「祇」、「充」等形。「蚊」字所從的倒立的「虫」形即在形體演變過程中發生了變化。其形體演變規律可以大致勾勒如下：〔註393〕

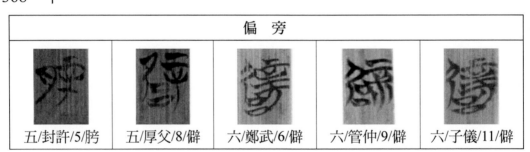

368 辛

偏 旁				
五/封許/5/辭	五/厚父/8/僻	六/鄭武/6/僻	六/管仲/9/僻	六/子儀/11/僻

《說文·卷三·辛部》：「辛，辠也。从干、二。二，古文上字。凡辛之屬皆从辛。讀若愆。張林說。」甲骨文形體寫作： （《合集》22219）， （《合集》137）， （《合集》2279）。金文「辛」作為偏旁形體寫作： （《何尊》），

〔註392〕王國維：《戩壽堂所藏殷虛文字考釋》，頁5～6。
〔註393〕陳劍：〈試說甲骨文的殺字〉《古文字研究（第29輯）》，頁10～14。

𨐌（《克鼎》），𨐈（《毛公鼎》）。裘錫圭謂：「本象一種刀類工具。根據它的音義推測，『辛』應是『乂』的初文。《國語・齊語》韋注：『刈，鐮也。』」〔註394〕

369　章

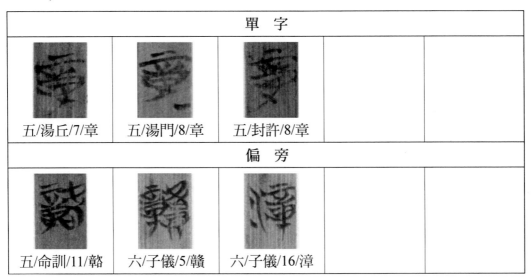

單　字				
五/湯丘/7/章	五/湯門/8/章	五/封許/8/章		
偏　旁				
五/命訓/11/韜	六/子儀/5/贛	六/子儀/16/漳		

　　《說文卷三・音部》：「█，樂竟為一章。从音从十。十，數之終也。」甲骨文未見「章」字獨體字，偏旁形體寫作𤾁（85AGMM54）。金文形體寫作：𤾁（《史頌簋》），𤾁（《大簋蓋》）。王輝釋形作：「從辛從田，辛為鑿具，即琢玉之工具，田象玉璞，上有交文。故章之本義乃以鑿具治玉，後引申為名詞圭璋之章。」〔註395〕

370　夆

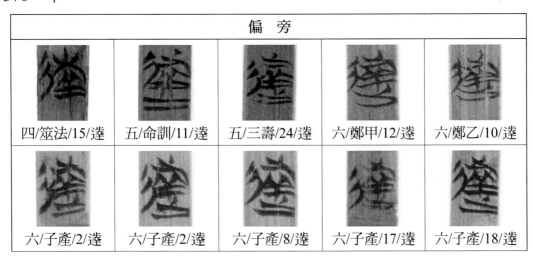

偏　旁				
四/筮法/15/逢	五/命訓/11/逢	五/三壽/24/逢	六/鄭甲/12/逢	六/鄭乙/10/逢
六/子產/2/逢	六/子產/2/逢	六/子產/8/逢	六/子產/17/逢	六/子產/18/逢

〔註394〕裘錫圭：〈釋𩺰䰻〉《裘錫圭學術文集（卷一）》，頁72。
〔註395〕王輝：〈殷墟玉璋朱書文字蠡測〉《文博》1996年5期，頁3～5。

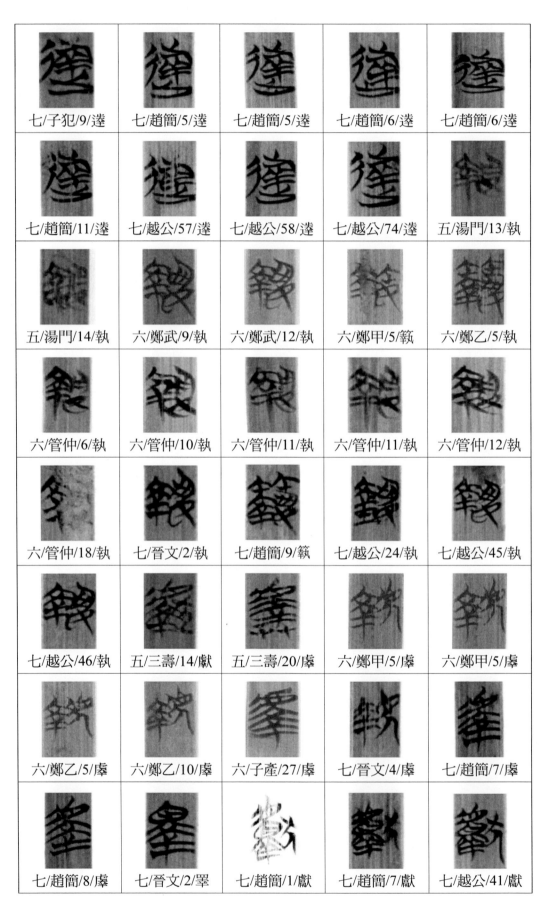

七/子犯/9/遑	七/趙簡/5/遑	七/趙簡/5/遑	七/趙簡/6/遑	七/趙簡/6/遑
七/趙簡/11/遑	七/越公/57/遑	七/越公/58/遑	七/越公/74/遑	五/湯門/13/執
五/湯門/14/執	六/鄭武/9/執	六/鄭武/12/執	六/鄭甲/5/籔	六/鄭乙/5/執
六/管仲/6/執	六/管仲/10/執	六/管仲/11/執	六/管仲/11/執	六/管仲/12/執
六/管仲/18/執	七/晉文/2/執	七/趙簡/9/籔	七/越公/24/執	七/越公/45/執
七/越公/46/執	五/三壽/14/獻	五/三壽/20/麈	六/鄭甲/5/麈	六/鄭甲/5/麈
六/鄭乙/5/麈	六/鄭乙/10/麈	六/子產/27/麈	七/晉文/4/麈	七/趙簡/7/麈
七/趙簡/8/麈	七/晉文/2/罨	七/趙簡/1/獻	七/趙簡/7/獻	七/越公/41/獻

五/三壽/22/㚔	七/子犯/12/㚔			

　　《說文・卷十・㚔部》：「㚔，所以驚人也。从大从羊。一曰大聲也。凡㚔之屬皆从㚔。一曰讀若瓠。一曰俗語以盜不止為㚔，㚔讀若籲。」甲骨文形體寫作：(《合集》20378)，(《合集》576)，(《合集》33201)。金文形體寫作：(《㚔旅尊》)，(《父辛觥》)。「㚔」字為象形字，象手銬桎梏之形體。〔註396〕

〔註396〕季師旭昇：《說文新證》，頁773。

四十四、矢　類

371　矢

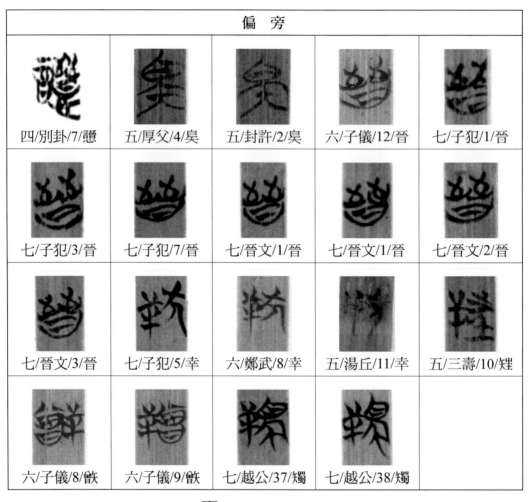

偏　旁				
四/別卦/7/懿	五/厚父/4/臭	五/封許/2/臭	六/子儀/12/晉	七/子犯/1/晉
七/子犯/3/晉	七/子犯/7/晉	七/晉文/1/晉	七/晉文/1/晉	七/晉文/2/晉
七/晉文/3/晉	七/子犯/5/幸	六/鄭武/8/幸	五/湯丘/11/幸	五/三壽/10/矬
六/子儀/8/饏	六/子儀/9/饏	七/越公/37/燭	七/越公/38/燭	

《說文・卷五・矢部》：「，弓弩矢也。从入，象鏑栝羽之形。古者夷牟初作矢。凡矢之屬皆从矢。」甲骨文形體寫作：（《合集》20546），（《合集》30810）金文形體寫作：（《父乙亞矢簋》），（《伯辰鼎》）。「矢」字當為象形字，象箭矢之形。〔註397〕

372　至

單　字				
四/筮法/9/至	四/筮法/10/至	四/筮法/12/至	四/筮法/12/至	四/筮法/62/至
五/命訓/2/至	五/命訓/3/至	五/命訓/3/至	五/命訓/4/至	五/命訓/5/至
五/命訓/6/至	五/命訓/13/至	五/命訓/14/至	五/命訓/14/至	五/湯門/1/至
五/湯門/2/至	五/湯門/8/至	六/鄭武/12/至	六/子儀/18/至	六/子產/10/至
七/晉文/7/至	七/趙簡/3/至	七/趙簡/3/至	七/越公/56/至	七/越公/57/至
七/越公/68/至				

偏　旁				
四/筮法/32/室	四/筮法/43/室	六/子產/23/室	六/子產/28/室	六/鄭武/4/室

七/趙簡/7/室	七/趙簡/8/室	七/趙簡/9/室	七/趙簡/11/室	七/越公/59/室
六/子儀/2/玴	五/湯丘/4/臺	六/子儀/14/臺	七/趙簡/10/臺	六/子產/7/崫

合　文

六/子儀/2/至於	七/越公/13/至於	七/越公/29/至於	七/越公/35/至於	七/越公/41/至於
七/越公/52/至於	七/越公/56/至於	七/越公/70/至於		

　　《說文·卷十二·至部》：「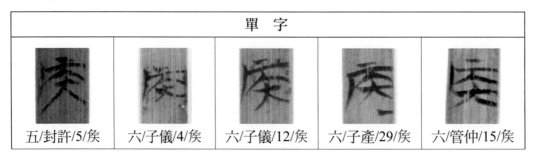，鳥飛从高下至地也。从一，一猶地也。象形。不，上去；而至，下來也。凡至之屬皆从至。古文至。」甲骨文形體寫作：（《合集》22045），（《合集》27346），（《合集》36317）。金文形體寫作：（《令鼎》），（《矢令方鼎》）。季師釋形作：「合體象形，象射矢至的。」〔註398〕

373　矣

單　字

五/封許/5/矣	六/子儀/4/矣	六/子儀/12/矣	六/子產/29/矣	六/管仲/15/矣

〔註398〕季師旭昇：《說文新證》，頁 829。

	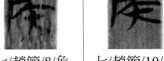			
七/趙簡/8/矦	七/趙簡/10/矦	七/趙簡/11/矦	七/晉文/8/矦	七/越公/6/矦

《說文・卷五・矢部》：「㐁，春饗所躬矦也。从人；从厂，象張布；矢在其下。天子躬熊虎豹，服猛也；諸矦躬熊豕虎；大夫射麋，麋，惑也；士射鹿豕，為田除害也。其祝曰：『毋若不寧矦，不朝於王所，故伉而躬汝也。』矦古文矦。」甲骨文形體寫作：㐁（《合集》33208），㐁（《合集》1026），㐁（《合集》32966）。金文形體寫作：㐁（《康侯簋》），㐁（《盂鼎》）。羅振玉謂：「從人，從厂象張布，矢在其下。」〔註399〕季師謂：「從矢，厂象張布射靶側面之形。」〔註400〕

374　莆

偏　旁				
㐁	㐁	㐁	㐁	㐁
四/筮法/56/備	五/命訓/15/備	五/命訓/16/備	五/湯門/9/備	五/湯門/15/備
㐁	㐁	㐁	㐁	㐁
五/三壽/18/備	六/子儀/2/備	七/子犯/15/備	七/越公/6/備	七/越公/25/備
㐁	㐁	㐁	㐁	㐁
七/越公/37/備	七/越公/44/備	七/越公/50/備	七/越公/55/備	七/越公/62/備
㐁	㐁			
七/越公/71/備	七/越公/21/邁			

〔註399〕羅振玉：《增訂殷虛書契考釋（中）》，頁44。

〔註400〕季師旭昇：《說文新證》，頁447。

　　《說文·卷三·用部》:「〔圖〕，具也。从用，苟省。」《說文·卷五·竹部》:「〔圖〕，弩矢箙也。从竹服聲。《周禮》:『仲秋獻矢箙。』」甲骨文形體寫作:〔圖〕(《合計》20149)，〔圖〕(《屯南》917)，〔圖〕(《合集》3755)。金文形體寫作:〔圖〕(《箙盤》)，〔圖〕(《番生簋》)。字形本義為象形字，為木製盛矢。〔註401〕

375　弓

單　字				
四/筮法/57/弓	六/子儀/8/弓			
偏　旁				
六/管仲/26/張	六/管仲/27/張	六/子儀/4/張	六/子產/8/張	六/子產/26/張
七/趙簡/9/張	六/鄭武/7/弡	五/三壽/21/弜	六/子儀/8/強	六/子產/24/強
七/子犯/5/兜	七/越公/9/弜	六/鄭甲/1/溺	六/鄭乙/1/溺	六/鄭甲/10/溺
六/鄭乙/9/溺	七/子犯/5/溺	七/越公/32/溺	五/厚父/8/彂	五/厚父/11/彂

〔註401〕季師旭昇:《說文新證》，頁256。

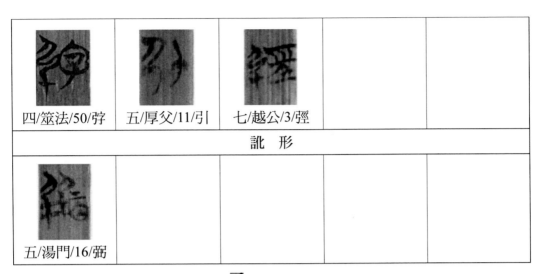

四/筮法/50/弜	五/厚父/11/引	七/越公/3/彊		
訛　形				
五/湯門/16/弼				

　　《說文・卷十二・弓部》：「🏹，以近窮遠。象形。古者揮作弓。《周禮》六弓：王弓、弧弓以射甲革甚質；夾弓、庾弓以射干矦鳥獸；唐弓、大弓以授學射者。凡弓之屬皆从弓。」甲骨文形體寫作：〗（《合集》20117），〗（《合集》7932），〗（《合集》9827）。金文形體寫作：〗（《弓父癸鼎》），〗（《弓鼎》），〗（《靜卣》），〗（《虢季子白盤》）。「弓」字為象形字，象弓之形體，或為取下弓弦似乎弓的形狀。

376　弔

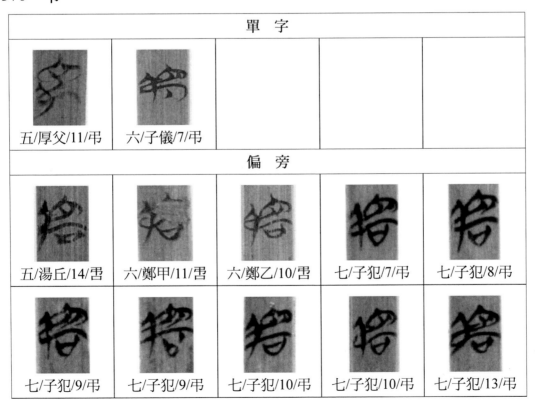

單　字				
五/厚父/11/弔	六/子儀/7/弔			
偏　旁				
五/湯丘/14/叀	六/鄭甲/11/叀	六/鄭乙/10/叀	七/子犯/7/弔	七/子犯/8/弔
七/子犯/9/弔	七/子犯/9/弔	七/子犯/10/弔	七/子犯/10/弔	七/子犯/13/弔

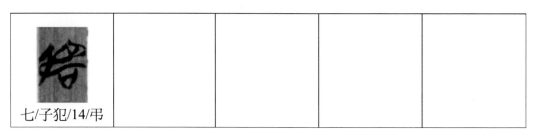				
七/子犯/14/弔				

《說文・卷八・入部》：「，問終也。古之葬者，厚衣之以薪。从人持弓，會敺禽。」甲骨文形體寫作：（《合集》4227），（《合集》31807），（《合集》6636）。金文形體寫作：（《弔瓶》），（《弔具鼎》），（《弔作單公方鼎》）。李孝定釋形作：「象人身繞繳矢。」〔註402〕

377 寅

單　字				
四/筮法/54/寅	四/筮法/54/寅			
偏　旁				
五/厚父/3/禛				

《說文・卷十四・寅部》：「，髕也。正月，陽气動，去黃泉，欲上出，陰尚彊，象宀不達，髕寅於下也。凡寅之屬皆从寅。，古文寅。」甲骨文形體寫作：（《合集》8085），（《合集》35726）。金文形體寫作：（《戊寅作父丁方鼎》），（《十三年興壺》）。甲骨文「寅」字假「矢」字為之，其後增加區別符號，以與「矢」字進行區別。〔註403〕

〔註402〕李孝定：《甲骨文字集釋》，頁2670。
〔註403〕季師旭昇：《說文新證》，頁977。

378　氒

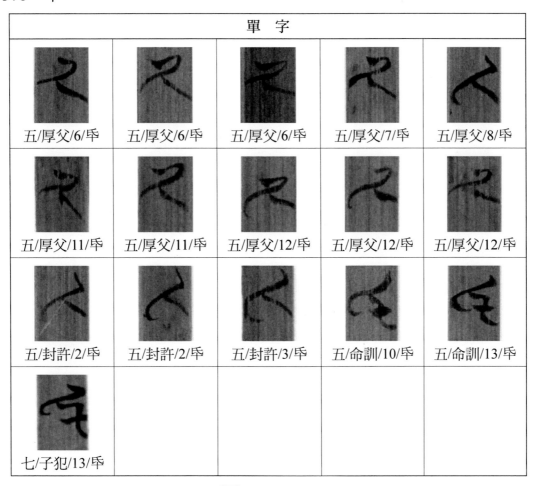

單 字				
五/厚父/6/氒	五/厚父/6/氒	五/厚父/6/氒	五/厚父/7/氒	五/厚父/8/氒
五/厚父/11/氒	五/厚父/11/氒	五/厚父/12/氒	五/厚父/12/氒	五/厚父/12/氒
五/封許/2/氒	五/封許/2/氒	五/封許/3/氒	五/命訓/10/氒	五/命訓/13/氒
七/子犯/13/氒				

　　《說文・卷十二・氏部》：「，木本。从氏。大於末。讀若厥。」甲骨文形體寫作：（《合集》10405 正），（《西周》H11：105）。金文形體寫作：（《姞智母方鼎》），（《大盂鼎》），（《黿公華鼎》）。郭沫若釋形作：「氒乃矢栝字之初文也。……矢栝鬗絃之栝，即氒字也。」〔註404〕

379　畀

單 字				
六/管仲/22/遺	六/管仲/29/算			

〔註404〕郭沫若：《金文叢考》，頁 238。

　　《說文・卷五・丌部》：「，相付與之。約在閣上也。从丌由聲。」甲骨文形體寫作：（《合集》21468），（《合集》4762）。金文形體寫作：（《柞伯簋》），（《融比盨》）。裘錫圭認為：「『畀』應該是古書中叫做『匕』的那種矢鏃的象形字。」〔註405〕是一種特殊的箭鏃較長的箭矢。

380　函

單　字				
 六/鄭武/3/函	 六/鄭武/7/函			

　　《說文・卷七・马部》：「，舌也。象形。舌體马。马从马，马亦聲。，俗函从肉、今。」甲骨文形體寫作：（《合集》10244 正），（《合集》28373）。金文形體寫作：（《王子午鼎》），（《毛公厝鼎》）。「函」當為象形字，象納矢的袋子。〔註406〕

381　疌

單　字				
 七/越公/3/疌				
偏　旁				
 七/越公/42/諓				

　　《說文・卷二・止部》：「，疾也。从止从又。又，手也。屮聲。」陳劍指出：「『疌』應該就是『挾矢』之『挾』的表意初文。」甲骨文中的：（《合

〔註405〕裘錫圭：〈「畀」字補釋〉《裘錫圭學術文集（卷一）》，頁 39。
〔註406〕季師旭昇：《說文新證》，頁 559。

集》35273）與商金文中的 （《父丙卣》）兩例字形當為「疌」字的較早形體。
字為象形字，象以手挾持兩矢的形狀。〔註407〕

382　夷

偏　旁				
![字形] 七/子犯/10/![字]				

　　《說文・卷十・大部》：「![字]，平也。从大从弓。東方之人也。」甲骨文形體寫作：![字]（《合集》17207 反）。金文形體寫作：![字]（《南宮柳鼎》）。季師釋形作：「甲骨文從矢，上有繩韋纏束，或因以求矢之平正。」〔註408〕

〔註407〕陳劍：〈釋「疌」及相關諸字〉「出土文獻研究方法國際學術研討會」，2011 年 11 月 26 日～27 日，臺灣大學文學院。
〔註408〕季師旭昇：《說文新證》，頁 765。

四十五、卜祀類

383 卜

偏　旁				
四/筮法/24/貞	四/筮法/24/貞	四/筮法/63/占	五/湯門/1/貞	四/別卦/7/鼎
六/子產/14/占	五/湯丘/5/閒	五/湯丘/11/閒	六/鄭甲/7/閒	七/越公/43/閒
四/筮法/25/外	四/筮法/26/外	四/筮法/35/外	四/筮法/41/外	四/筮法/61/外
五/三壽/20/外	六/鄭武/6/外	六/鄭甲/12/外	六/鄭乙/10/外	六/管仲/26/外
六/子儀/4/外	六/子產/8/外	六/子產/10/外	七/趙簡/7/外	

　　《說文·卷三·卜部》：「卜，灼剝龜也，象灸龜之形。一曰象龜兆之從橫也。凡卜之屬皆从卜。𠀠古文卜。」甲骨文形體寫作：卜（《合集》22047），卜（《合集》24241），卜（《合集》24284）。金文形體寫作：卜（《卜鼎》），卜（《卜孟鼎》）。季師：「象形，象卜兆之形。」〔註409〕

〔註409〕季師旭昇：《說文新證》，頁248。

384　巫

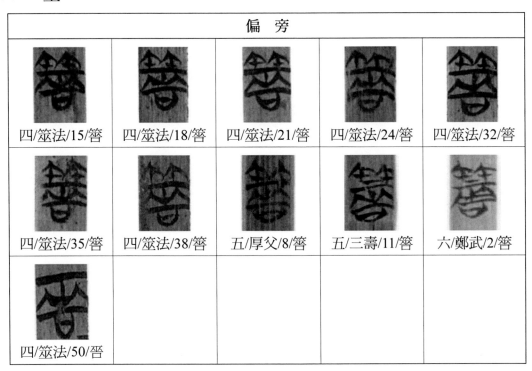

偏　旁				
四/筮法/15/簭	四/筮法/18/簭	四/筮法/21/簭	四/筮法/24/簭	四/筮法/32/簭
四/筮法/35/簭	四/筮法/38/簭	五/厚父/8/簭	五/三壽/11/簭	六/鄭武/2/簭
四/筮法/50/晉				

《說文·卷五·巫部》:「■，祝也。女能事無形，以舞降神者也。象人兩褎舞形。與工同意。古者巫咸初作巫。凡巫之屬皆从巫。■古文巫。」甲骨文形體寫作:中（《合集》22103），中（《合集》34155）。金文形體寫作:■（《巫觶》），■（《齊巫姜簋》）。李孝定:「疑象當時巫者所用道具之形，然亦無由加以證明。」〔註410〕

385　示

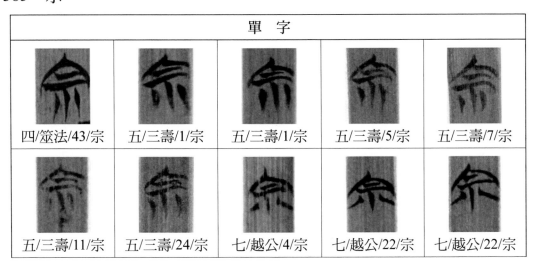

單　字				
四/筮法/43/宗	五/三壽/1/宗	五/三壽/1/宗	五/三壽/5/宗	五/三壽/7/宗
五/三壽/11/宗	五/三壽/24/宗	七/越公/4/宗	七/越公/22/宗	七/越公/22/宗

〔註410〕李孝定:《甲骨文字集釋》，頁1597。

七/越公/26/宗	七/越公/74/宗	五/厚父/3/祀	五/厚父/4/祀	五/厚父/10/祀
五/厚父/13/祀	五/湯丘/14/祀	七/晉文/3/祀	七/晉文/3/祀	七/趙簡/8/祀
七/趙簡/9/祀	七/越公/74/祀	五/湯丘/8/社	五/鄭武/11/社	七/越公/26/柰
五/命訓/1/福	五/命訓/2/福	五/命訓/7/福	五/命訓/7/福	五/命訓/8/福
五/命訓/10/福	五/三壽/16/福	七/越公/5/福	五/三壽/8/福	五/三壽/25/福
六/子產/2/福	五/命訓/1/崇	五/三壽/14/崇	五/湯門/16/崇	五/湯門/17/崇
五/湯門/24/崇	五/湯門/28/崇	六/管仲/26/崇	六/鄭武/5/崇	六/子儀/15/崇
七/越公/55/崇	七/越公/56/崇	五/命訓/1/禂	五/命訓/2/禂	五/命訓/7/禂

五/命訓/7/禓	五/命訓/8/禓	五/命訓/10/禓	七/子犯/1/禓	七/子犯/2/禓
七/子犯/3/禓	七/子犯/7/禓	七/越公/74/禓	五/命訓/9/祭	五/命訓/10/祭
六/子儀/10/祭	六/鄭乙/9/祀	七/越公/26/祀	七/越公/28/祀	五/厚父/10/禨
五/厚父/13/禨	五/厚父/2/神	五/厚父/13/神	五/湯門/11/神	五/湯門/18/神
五/湯門/20/神	五/三壽/14/神	五/三壽/16/神	五/三壽/18/神	五/三壽/19/神
五/三壽/20/神	五/三壽/26/神	五/三壽/26/神	五/三壽/28/神	六/子產/13/神
七/子犯/11/神	四/筮法/43/祟	四/筮法/44/祟	四/筮法/45/祟	四/筮法/46/祟
四/筮法/47/祟	四/筮法/48/祟	四/筮法/49/祟	四/筮法/50/祟	四/筮法/63/祟

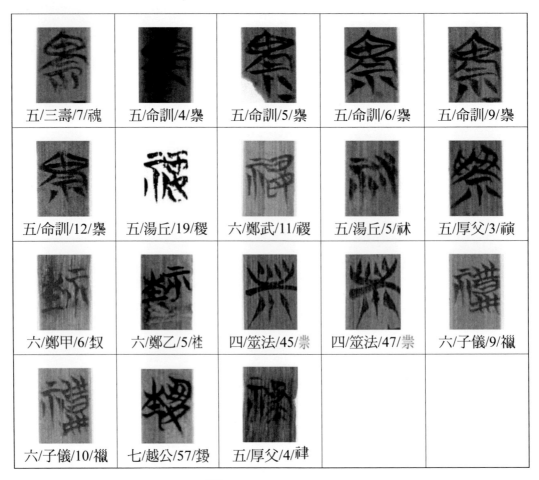

五/三壽/7/禝	五/命訓/4/槀	五/命訓/5/槀	五/命訓/6/槀	五/命訓/9/槀
五/命訓/12/槀	五/湯丘/19/稷	六/鄭武/11/禩	五/湯丘/5/祇	五/厚父/3/禛
六/鄭甲/6/叔	六/鄭乙/5/裇	四/筮法/45/祟	四/筮法/47/祟	六/子儀/9/禠
六/子儀/10/禠	七/越公/57/毀	五/厚父/4/神		

《說文·卷一·示部》：「Ⅲ，天垂象，見吉凶，所以示人也。从二。（二，古文上字。）三垂，日月星也。觀乎天文，以察時變。示，神事也。凡示之屬皆从示。❙，古文示。」甲骨文形體寫作：丁（《合集》19812），丅（《合集》6131），丅（《合集》27306），示（《合集》36182），⚓（《合集》28250），Ⅱ（《合集》22062），Ⅱ（《合集》20463），ᵭ（《合補》6493）。金文形體寫作：丅（《亞干示觚》），示（《盂鼎》「祀」偏旁）。季師：「象形，象祭祀的神主。」〔註411〕

386 主

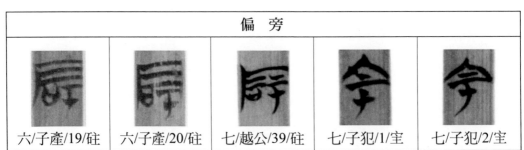

偏 旁				
六/子產/19/砫	六/子產/20/砫	七/越公/39/砫	七/子犯/1/宔	七/子犯/2/宔

〔註411〕季師旭昇：《說文新證》，頁48～49。

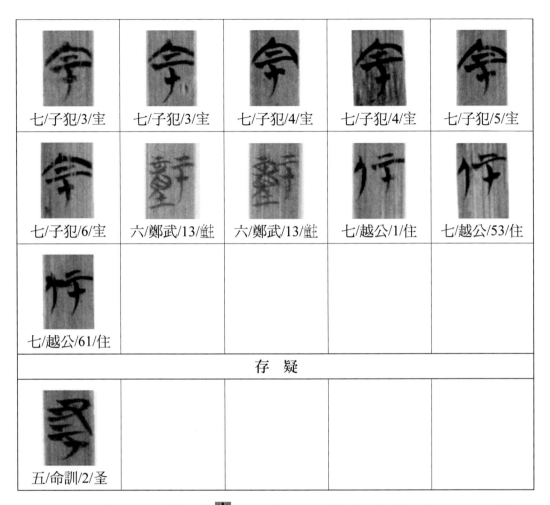

七/子犯/3/宔	七/子犯/3/宔	七/子犯/4/宔	七/子犯/4/宔	七/子犯/5/宔
七/子犯/6/宔	六/鄭武/13/尰	六/鄭武/13/尰	七/越公/1/住	七/越公/53/住
七/越公/61/住				
存　疑				
五/命訓/2/𡉈				

《說文・卷五・丨部》：「𡉈，中火主也。从呈，象形。从丨，丨亦聲。」
甲骨文形體寫作：丅（《合集》296），丅（《合集》5057 甲），𣎵（《合集》27306），
𡉈（《合集》22062），𠄍（《合集》30393）。金文形體寫作：丅（《幾父壺》）。
字當為象形字，「主」象神主形，或為鐙主、鐙柱。〔註412〕

387　血

單　字			
四/筮法/54/血	五/封許/5/血		

〔註412〕季師旭昇：《說文新證》，頁 424。

偏　旁				
五/湯門/17/衈	五/三壽/18/衈			

　　《說文・卷五・血部》：「⿳，祭所薦牲血也。从皿，一象血形。凡血之屬皆从血。」甲骨文形體寫作：⿳（《合集》22857），⿳（《合集》34430），⿳（《合集》32330）。金文形體寫作：⿳（《五祀衛鼎》「衈」字所從），⿳（《曾姬無衈壺》「衈」字所從）。「血」字為合體象形字，祭所薦牲血。甲骨文從皿，中象血形。〔註413〕

388　爻

偏　旁				
四/筮法/10/肴	四/筮法/13/肴	四/筮法/21/肴	四/筮法/41/肴	四/筮法/43/肴
四/筮法/52/肴	四/筮法/61/肴	五/厚父/11/孚	五/三壽/17/孚	五/三壽/27/孚
五/命訓/5/孚	六/子產/25/孚	六/管仲/1/孚	六/管仲/1/孚	六/管仲/1/孚
六/管仲/1/孚	六/管仲/2/孚	六/管仲/2/孚	五/命訓/12/教	五/厚父/9/教

〔註413〕季師旭昇：《說文新證》，頁 422。

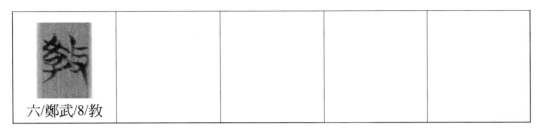六/鄭武/8/教				

《說文・卷三・爻部》：「，交也。象《易》六爻頭交也。凡爻之屬皆从爻。」甲骨文形體寫作：爻（《合集》00138），爻（《合集》13705），爻（《合集》00139）。金文形體寫作：爻（《父丁爻卣》），爻（《爻盂》），爻（《爻父乙簋》）。甲骨文爻字或作地名，或假為學，或即用為占卜義之爻.金文或從三乂，或以為族名，或以為亦「爻」字。待考。《說文》釋義或不可靠。〔註414〕

389　鬯

單　字				
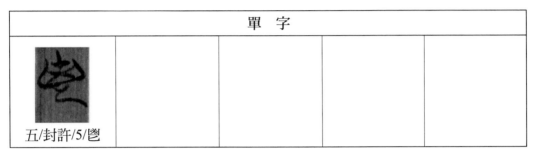五/封許/5/鬯				

《說文・卷五・鬯部》：「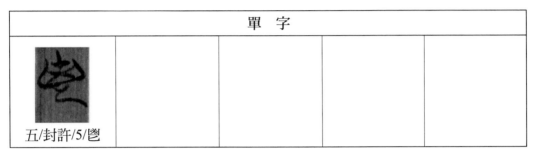，以秬釀鬱艸，芬芳攸服，以降神也。从凵，凵，器也；中象米；匕，所以扱之。《易》曰：『不喪匕鬯。』凡鬯之屬皆从鬯。」甲骨文形體寫作：鬯（《合集》22324），鬯（《花東》291），鬯（《合集》30979）。金文形體寫作：鬯（《大盂鼎》），鬯（《毛公鼎》）季師釋形作：「甲骨文象酒器形，中有小點表示香酒。」〔註415〕

390　鼙

單　字				
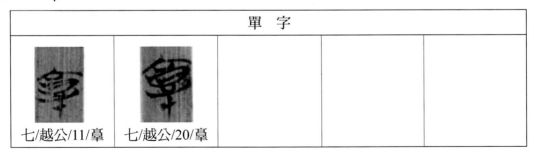七/越公/11/鼙	七/越公/20/鼙			

〔註414〕季師旭昇：《說文新證》，頁257。
〔註415〕季師旭昇：《說文新證》，頁433。

偏　旁				
五/封許/3/羣	七/越公/3/羏	七/越公/30/淳	六/鄭甲/7/羉	六/鄭甲/8/羉
六/鄭乙/6/羉	六/鄭乙/7/羉			

　　《說文·卷五·羍部》:「羍，孰也。从亯从羊。讀若純。一曰鬻也。羍，篆文羍。」甲骨文形體寫作:羍（《前》4.34.7），羍（《前》1.48.1）。金文形體寫作:羍（《鼓羍觶》）。季師釋形作:「甲骨文從亯，從羊，會用羊獻享之義。卜辭用於敦伐義。」〔註416〕

〔註416〕季師旭昇:《說文新證》，頁456。